그들의 문학과 생애

한국문학평론가협회 | 한길사 공동기획

그들의 문학과 생애

박태원

김종회 지음

한길사

그들의 문학과 생애

박태원

지은이 · 김종회

펴낸이 · 김언호

펴낸곳 · (주)도서출판 한길사

등록 · 1976년 12월 24일 제74호

주소 · 413-756 경기도 파주시 교하읍 문발리 520-11
www.hangilsa.co.kr
E-mail: hangilsa@hangilsa.co.kr

전화 · 031-955-2000~3   팩스 · 031-955-2005

상무이사 · 박관순 | 영업이사 · 곽명호

편집 · 박희진 박계영 안민재 이경애 | 전산 · 한향림 | 저작권 · 문준심

마케팅 및 제작 · 이경호 | 관리 · 이중환 문주상 장비연 김선희

출력 · 지에스테크 | 인쇄 · 현문인쇄 | 제본 · 성문제책

제1판 제1쇄 2008년 1월 31일

값 15,000원

ISBN 978-89-356-5978-4 04810

ISBN 978-89-356-5989-0 (전14권)

• 이 도서의 국립중앙도서관 출판시도서목록(CIP)은
e-CIP 홈페이지(http://www.nl.go.kr/cip.php)에서 이용하실 수 있습니다.
(CIP제어번호: CIP2008000229)

이 땅에서 글을 써 가지고 살림을 차려본다는 것은 거의,

절망에 가까운 일이 아닐 수 없건만, 그러나 나에게는 글

을 쓴다는 밖에 아무 다른 재주도 방도도 없었으므로, 아

내의 눈에도, 딱하게, 민망하게, 또 가엾기까지 보이도록,

나는 나의 힘이 미치는 데까지, 밤낮으로 붓을 달렸다.

·· 박태원, 『여인성장』

머리말

　구보 박태원은 한국 현대문학, 더 나아가 남북한 현대문학에 있어 간과할 수 없는 중요성을 지닌 작가이다. 1930년대에 구인회를 중심으로 활동하면서 모더니즘의 문학적 의식과 동시대 세태의 작품화에 괄목할 만한 성과를 이룬 것이 그의 몫인가 하면, 월북 이후 북한 최고의 역사소설 작가로 부상한 광영 또한 그의 몫이다. 그는 남과 북의 문학사에서 공히 명백한 자기 지분을 가진 작가이다.

　그러기에 남북한 문화 및 문학의 교류를 넘어서 양자의 통합을 바라보는 다양한 시도들이 이루어지고 있는 오늘날, 박태원은 남북의 상호 개별적인 상황을 하나의 연결고리로 묶을 수 있는 매우 드문 사례에 해당한다. 이는 그가 남과 북에서 각기 이룩한 문학적 성취가, 그 서로 다른 문학사에서 모두 긍정적 평가로 기록되어 있다는 사실에 바탕을 둔다.

이를 평전의 형식으로 기록한다는 것은, 그 문학적 실상을 창작자의 인간적 면모와 지속적으로 결부시켜보는 행위를 말한다. 더욱이 박태원은 한반도의 남과 북이 외세에 의해 분단되고 동족상잔의 전쟁이 발발하는 격변의 시대를 살면서, 그리고 남에서 북으로 근거지를 옮기며 온갖 우여곡절을 직접 체험해야 하는 운명의 주인이었던 까닭으로, 평전의 형식을 빌려 그의 삶과 문학을 이해한다는 것은 미상불 뜻있는 일이 아닐 수 없다.

이 책은 박태원 평전의 의미를 짚어보는 도입부에 이어 그의 문학적 출발과 환경, 구인회 시절과 '문우' 이상과의 관계, 일제강점기와 해방공간에 있어서의 작품 활동을 순차적으로 살펴보고 있다. 이어서 월북 이후의 역사소설 창작, 관련 연구로서 '구보'에 관한 다른 작가들의 세계를 함께 검토해보았다. 그런데 그의 전반적인 생애와 작품을 모두 통할하다 보니, 순수한 평전이기보다는 작품의 분석과 가치의 구명에 더 중점을 둔 감이 없지 않다.

이 책은 한국문학평론가협회가 문화관광부의 지원을 받아 진행한 납·월북 작가 평전 총서 가운데 한 권으로 계획되었다. 모두 14명의 납·월북 작가 평전이 한꺼번에 발간되는 것은, 우리 문학 연구사에 있어서 소중한 진전이 되리라 여겨진다. 지금껏 북으로 간 작가들에 대한 연구가 1988년

'해금' 이래 활발하게 이루어져왔지만, 이처럼 15명의 평전을 한 자리에서 출간한 것은 처음이기 때문이다.

뿐만 아니라 수년 전 박태원의 작가 및 작품 연구에 중점을 두는 '구보학회'가 설립되어 활발한 활동을 보이고 있는 터이어서 더욱 의의가 있다 하겠다. 책에 실린 연구자료 등과 관련해 구보 선생의 아드님인 박재영 선생의 도움을 많이 받았다. 이 자리를 빌려 감사를 드리며, 이 총서를 상재해준 도서출판 한길사에도 감사드린다.

2007년 11월
김종회

박태원

서론: 박태원의 삶의 궤적을 따라가는 길

평전(評傳)이란 무엇인가? 그리고 박태원은 누구이며, 박태원의 문학을 어떻게 이해해야 하는가? 또한 박태원 평전은 어떤 현재적 의미를 생산하는가? 박태원과 함께 문학 활동을 했던 동시대의 사람들이 모두 세월의 저편으로 사라져 간 오늘날에 이르러, 특히 월북 후의 행적에 대한 명확한 실증적 고찰을 하기 어려운 분단 상황에서 박태원 평전의 진실성은 어떻게 담보할 수 있는가? 이러한 질문의 연쇄는 마침내 또 하나의 엄중한 문제의식과 마주설 수밖에 없다. 즉, 박태원의 전(傳)을 기록하며 동시에 평(評)하고자 하는 이 책이 양산할지도 모르는 여러 의문의 형식들이, 곧 역설적이게도 이 책의 출발점이며 추동력이 되리라는 사실이다.

사전적 의미에서 평전이란 무엇인가에 대해서는 아주 간단명료한 답을 마련할 수 있다. 비평을 곁들인 전기가 그것이다. 평전이란 공적·사적 관계를 망라한 한 개인의 역사 전부를 밝히는 것이다. 동시에 그것은 공적 업적을 이해하고 기리는 데 중점을 둔다. 바로 그 부분이 평전의 기록자가 개입하는 곳이며 비평이 가능한 부분이다.

그러나 이와 같은 평전에 대한 이해는 평전이란 양식의 일단을 기계적으로 인식하는 것일 뿐이다. 평전은 일차적으로 기록할 만한 업적이 있는 인물에 대한 비평적 전기인 동시에 그 인물이 살았던 시대의 역사적·사회적 차원의 기록이다. 한 개인이란 그 어떤 경우에도 홀로 존재할 수 없다. 개인은 무수히 많은 타인과의 관계 속에서 탄생하며 성장한다. 즉 타인과의 관계망 속에서 한 개인의 행적과 역할을 이해할 때에만 의미를 획득할 수 있으며, 그때서야 비로소 그 개인의 공적·사적 가치에 대한 가늠이 가능해질 수 있다. 그러므로 이 책에서 박태원의 삶의 궤적을 따라가는 길은 일차적으로 박태원 개인에 대한 기록에서 출발하며, 박태원의 시대 혹은 박태원이라는 인물을 통해 볼 수 있는 우리 문학사와 역사에 대한 관찰의 기록으로 확장될 수 있다.

납·월북 작가들에 대한 해금과 더불어 박태원은 더 이상 낯설지 않은 우리 문학사의 한 주인공이 되었다. 많은 작품이 독자들의 손으로 전해졌고, 많은 평자들이 박태원을 연구했다. 그토록 많은 관심을 받았던 것은 박태원 문학이 가진 특별함 때문이다. 그리고 박태원 개인의 일생이 고단했던 우리 근·현대사의 모습을 압축적으로 보여주고 있기 때문이기도 하다. 따라서 일제 강점과 해방 그리고 한국전쟁과 분단으로 이어지는 우리 근·현대사를 염두에 두지 않고서는 박태원에 대한 온당한 이해도 불가능하다. 이 모든 산적한 과제 속에 위치한 인물이 박태원이다.

또한 박태원에 대한 이해의 선행 조건으로 1930년대에 대한 이해도 당연한 것이다. 박태원이 문단에서 확고한 위치를 차지하기 시작한 것은 1933년 구인회에 가입하고부터이기 때문이다. 박태원과 구인회 중 어느 한쪽을 저버리고는 반쪽의 연구가 되기 십상이다.

박태원의 문학은 내용을 중시하던 프로 문학에 대한 거부와 반발로부터 시작되어 예술 자체의 미적 형식을 추구하는 방향으로 발전되어갔다. 박태원의 대표작으로 꼽을 수 있는 「소설가 구보씨의 일일」과 『천변풍경』은 모두 이러한 배경을 통해 나타난 작품들이다. 그러나 이후 역사 소설을 창작하는 변화 양상을 보이더니, 월북한 후에는 본격적으로 역사소설을 쓰기 시작했다. 『갑오농민전쟁』이 그것이다. 이것을 범박하게 표현한다면 모더니즘에서 리얼리즘으로의 변화라고 할 수 있을 것이다.

하지만 박태원에게 있어 모더니즘에서 리얼리즘으로의 변

화는 그렇게 간단한 문제가 아니다. 보기에 따라서는 매우 중요하고 근본적인 변화라고 할 수 있다. 작가의 세계관·예술관·인생관 전체와 관련된 문제이기 때문이다. 가령 아래와 같은 두 편의 글을 살펴보면 이를 보다 확고하게 알 수 있다.

① 經妄된 數三評家들의 명명으로 나와 같은 사람은 기교파라는 렛텔이 붙어있는 모양이나 평가들은 혹 그들의 부실한 기억력을 위하여 간편하게 분류하여둘 필요상 그러하여도 容許되는 수가 있을지 모른다. 그러나 같은 작가들 중에 擧皆는 한참 當年에 프로작가라고 지칭하는 이들이지만 말에 궁하면 반드시 나와 같은 사람을 문장만 하느니 형식만 찾느니 기교만 중시 여기느니 하고. 그것만 내세우는 데는 너무나 어이가 없어 말도 하고 싶지 않다.

대체 君들은 그러한 말을 할 때 스스로 마음에 부끄러워하는 바가 없느냐? 작가로서 문장이 拙劣하고 형식이 미비하고 기교가 稚拙한 것보다 더 큰 비극이——아니 희극이 어디 또 있을 것이냐? 「그러나 내용이?」 대체 君들의 작품에 무슨 취할 만한 내용이 있다고 자부하는 것이냐?

설사 백보를 하여 참말 볼 만한 것이 있다면 그러면 君들은 차라리 素材都賣商이라도 개업하는 것이 상책이리

라. 소설은 제재만 가지고 결코 예술작품일 수는 없는 것이니까…….

② 리조 철종 말년, 소위 '진주 우통'이라 불리우는 삼남 농민 폭동이 일어나기 한 해 전으로부터 고종 31년 갑오농민전쟁을 치른 뒤 을미년에 전봉준이 교수대의 이슬로 스러지기까지의 35년간을 취급하는 3부작 『갑오농민전쟁』의 완성은 진정 내게는 힘에 겨운 것이라 할 밖에 없겠다.

그러나 나는 기어이 이 작품만은 써보고 싶었다. 해당 시기 봉건 지배층의 부패상, 조국과 인민에게 지은 가지가지의 죄악들—그것을 분격에 끓는 붓끝으로 여지없이 폭로하고 싶었던 것이다. '병인양요', '임오군란', 특히는 '갑오농민전쟁'을 통해서 고도로 발양된 인민들의 숭고한 애국주의 사상을 내 필력이 미치는 데까지 찬양하고 싶었던 것이다. 그와 아울러 우리의 온갖 고상한 도덕적 품성들과 전래하는 미풍 양속 등등에 대해서 이야기해보고 싶었던 것이다.

①은 박태원이 구인회 활동을 하던 즈음인 1937년에 『조선일보』에 발표한 「내 예술에 대한 항변—작품과 비평가의 책임」이며, ②는 월북한 후인 1961년 『문학신문』에 발표한

「로동당 시대의 작가로서」이다.

이 두 편의 글은 작가로서의 박태원의 작품세계와 문학관의 변화를 상징적이며 분명하게 보여주고 있다. ①에서 박태원은 프로 문학 계열의 평자들의 편기교주의와 편형식주의에 대한 비판에 냉소를 보내며 오히려 프로 문학의 편내용주의를 강하게 비판하고 있다. 내용만을 중시하는 프로 문학 계열의 평자들에게 '소재도매상'이라도 하라며 소설은 제재만 가지고는 절대로 쓰일 수 없는 것이라고 날카로운 공격을 가하고 있다.

그러나 ②에서는 '봉건 지배층의 부패상, 조국과 인민에게 지은 가지가지의 죄악들 ─ 그것을 분격에 끓는 붓끝으로 여지없이 폭로'하고 싶다며 창작열을 보이고 있다. 다시 말해 ②에서는 작품 자체의 미적 형식에 대한 고려에 중점을 두기보다는 '말하고자 하는 것' 즉 주제에 대한 명확한 인식을 바탕으로 한 소설을 쓰셨나는 의지를 밝히고 있는 것이다. 이 두 편의 글 사이의 간극을 밝히는 것이 박태원 문학의 핵심에 이르는 하나의 길이 될 수도 있을 것이다.

물론 이러한 질문에 대한 답변을 제시하기 위해서는 박태원 문학의 내적ㆍ외적 여건을 다 함께 고려해야 할 것이다. 즉 창작자 자신의 내면의식의 변화와 함께 창작의 외부적 환경의 변화를 숙고해야 하는 것이다.

따라서 박태원 생애를 추적하는 동시에 변모를 거듭하는 박태원 문학을 함께 고찰하는 것이 필요하다. 박태원의 생애에 대한 완벽한 실증적 고찰을 하기 어려운 분단 상황에서, 중간중간 빈 페이지로 남을 수밖에 없는 틈새는 박태원의 문학을 살펴보는 것을 통해 메워야 할 수밖에 없는 까닭에서이다.

박태원 문학의 출발과 환경

　박태원(泊太苑), 몽보(夢甫), 구보(仇甫)라는 필명으로 활동한 박태원은 1910년 1월 6일(음력 1909년 12월 7일) 서울 수중박골에서 태어났다. 수중박골은 지금의 종로구 수송동이며 당시의 행정구역상 명칭은 경성부(京城府) 다옥정(茶屋町)이다. 아버지 박용환(朴容桓)과 어머니 남양(南陽) 홍씨(洪氏)의 4남 2녀 중 차남으로 태어난 박태원의 원래 이름은 점성(點星)이었다. 이는 등의 한쪽에 커다란 점이 있었기 때문이었다. 그 후 4년제인 경성사범부속보통학교에 입학하던 1918년에 태원으로 개명하였다.

　박태원의 증조부인 박승진(朴承鎭)은 종9품인 장사랑(張仕郎)이었고 조부인 박두병(朴斗秉)은 구한말 시대의 각부에 있던 주임관인 참서관(參書官)이었으며 숙부인 박용남(朴容南)은 무임교관승통정(巫任敎官陞通政)을 지냈다. 이를 놓고 생각하면 박태원의 집안은 종9품의 말단이든 아니면 지금의 국장급인 참서관이든 간에 관직과 인연이 있는 집안이었던 것으로 보인다. 박태원의 집안은 조부 이전부터 서울 천변(川邊)에서 살았던 것으로 추측된다. 또한 박태원의 부친인 박용환은 공애당약국(共愛堂藥局)을, 그리고 숙부인 박용남은 공애의원(共愛醫院)을 내고 있었다. 즉, 서양의학을 받아들여 그것을 생업으로 삼았던 것이다.

이와 같은 박태원의 가계를 살피면서 우리는 두 가지 중요한 사실을 어렵지 않게 발견할 수 있다. 첫째는 박태원은 서울 토박이라는 점이며, 둘째는 박태원 일가의 계층적 위치가 중인이라는 점이다. 박태원의 대표작이라 할 수 있는 『천변풍경』과 「소설가 구보씨의 일일」을 이해하기 위해서는 이러한 두 가지 배경이 먼저 고려되어야 할 것이다. 또한 중인은 조선 후기 실사구시, 이용후생의 실학사상을 바탕으로 봉건적 유교 풍습에 대한 비판과 개혁 그리고 새로운 문물의 수용과 현실 변혁에 앞장섰던 계층임을 고려해본다면 내용 중심적인 당시의 문학 풍토에 대한 반발을 통해 새로운 형식과 낯선 예술적 기교를 드러내고자 했던 박태원 초기 문학의 이해에 대한 실마리를 얻을 수 있다.

박태원이 '당시 일본에서 유행하던 '河童'의 머리라고

해서 일본의 세계적 양화가인 藤田嗣治가 파리에서 이 머리를 해 가지고 동경에 와 銀坐를 활보하였으므로 일본에서 크게 유행한 머리 스타일'인 '갓빠' 머리로 시내를 활보해 유명하였다는 조용만의 회고는 그가 知性과 感性뿐만이 아니라, 외모까지도 얼마나 유행 감각에 민감했느냐 하는 것을 잘 대변해 준다.[1]

위의 글에서 확인할 수 있는 바와 같이 박태원은 비단 예술과 학문에서 뿐만이 아니라 실생활에서도 세련된 도시적 감수성을 보여주었다. 이는 머리 모양 하나에 대한 과도한 의미 부여가 아니다. 왜냐하면 유행에 민감하다는 것은 그만큼 새로운 문화에 대한 거부감이 없는 것으로 이해할 수 있기 때문이다. 식민지 상황이 고착되면서 일본을 거쳐 들어온 서구 문물이란 식민지 지식인에게 새로움 그 자체였다. 새로운 문화와 풍습에 대한 적극적 수용을 통해 자신의 문학적 방향을 설정하고, 이를 바탕으로 작품을 창작한 박태원의 문학적 뿌리의 한 면으로 이해할 수 있을 것이다.

박태원의 문학 수업은 이러한 환경적 조건과는 달리 『춘향전』·『심청전』·『소대성전』 등의 고소설을 바탕으로 시작되었다. 취학 전 박태원에게 글을 가르쳐준 사람은 큰할아버지인 박규병(朴圭秉)으로 알려져 있다. 박규병은 일곱 살인 박태원에게 천자문과 통감(通鑑)을 가르쳤고 또 많은 이야기를 들려주었다. 그 후 어린 박태원은 앞서 열거한 고소설을 섭렵하기 시작한다. 이러한 독서 습관은 계속 이어져 회동서관이라는 서점에서 책을 빌려다 보기도 하고, 직접 돈을 주고 책을 사와 글을 읽었다고 한다.

이러한 박태원의 독서 습관을 유심히 지켜보고 그 재능을 키워준 이는 숙부 박용남과 고모 박용일이었다. 앞서 밝힌 바와 같이 박용남은 공애의원이라는 병원을 낸 의사이다. 또한 박용일 역시 신교육을 받은 교사였다. 박용남은 남다른 문학적 감수성을 내보이는 박태원을 당시 알고 있던 문인들에게 소개시켜주었다. 또한 박용일은 이광수의 부인인 허영숙(許英肅)과 친분이 있는 사이였다. 이 두 집안 어른을 통해 박태원은 이광수와 백화 양건식에게 문학 수업을 받았다.

나는 가만이 「默想錄禮讚」이라는 一文을 草하였다. 양 선생이 그것을 읽으시고 당시 花洞 꼭대이에 있던 동아일보사에 보내시어 마침내 二回에 나누어 발표됨에 이르렀다. 다만 표제는 양 선생의 의견대로 〈一예찬〉을 〈一을 읽고〉로 고치었다. 아마 大正十五年의 일인 듯 싶거니와 어떻든 이것이 나로서 최초로 활자화된 글이다.

내가 츈원 선생의 문을 두드린 것은 아마 昭和2년인가,

3년경의 일이었던가 싶다. 두 번짼가 세 번째 찾아뵈웠을 때 나는 두어 편의 소설과 백여 편의 서정시를 댁에 두고 왔다. 그 중 수편의 시와 한편의 소설이 『동아일보』지상에 발표되었다.[2]

이렇듯 박태원은 당대의 거장 문인들에게 자신의 작품을 내보이며 문인으로서의 출발을 시작했던 것이다. 이런 점에서 박태원은 불우한 어린 시절을 보내며 문학에 입문했던 당대의 여타 작가와는 다르다고 할 수 있다. 즉 비교적 유복한 가정에서, 집안 어른들의 보살핌과 문인들의 지도로 조금씩 작가로서의 길을 가고 있었던 것이다. 이를 바탕으로 박태원은 제일고보 시절에 본격적인 문학서적들을 읽었고, 또한 문인들과 함께 습작함으로써 작가로서의 긴 여정을 시작하게 된다.

식민지 지식인의 일상 표현, 그 형성기의 풍경

공식적인 지면을 통해 활자화된 박태원의 첫 번째 작품은 경성제일공립보통학교 재학 중인 15세 때에『東明』제33호의 소년칼럼에 발표된「달마지」〔迎月〕이다. 그러나 이는 학생들을 대상으로 한 공모에서 당선된 작문이므로, 이를 데뷔작으로 보기는 어렵다.

앞서 언급한 대로 이광수의 지도로 글을 쓰게 된 박태원은 18세가 되던 1926년 3월 『조선문단』에 시 「누님」이 당선됨으로써 비로소 문단에 데뷔하게 된다. 이때의 필명은 박태원(泊太苑)이었다. 그러나 여기서 한 가지 주목해야 할 것이 있다. 박태원 스스로는 자신의 데뷔작을 다르게 밝히고 있다는 점이다.

경오년 10월 『新生』에 발표된 拙作 「수염」이 내게 있어서는 이를테면 處女作이다. 以來 7·8년간 나는 數30篇의 작품을 제작하여 왔고 그 중의 몇몇 작품은 月評에 올라 더러 是非가 되었듯 싶다.

1937년 10월 21일부터 23일까지 『조선일보』에 발표된 「내 예술에 대한 항변―작품과 비평가의 책임」이란 글에서 박태원은 스스로의 처녀작을 위와 같이 「수염」으로 밝히고 있다. 그것이 어떤 이유에서인지는 밝혀지지 않았다. 다만 박태원 스스로가 자신의 처녀작을 「수염」으로 명시하고 있는 점만은 분명한 것이다. 하지만 「수염」을 발표하기 전까지 박태원은 이미 총 27편의 시와 수필, 소설 그리고 평론과 콩트를 발표한 상태였다.

하여간 박태원의 문학은 그렇게 출발했다. 당시 박태원은 자신의 지적 능력에 대한 자신감으로 충만해 있었다. 어린 시절부터 시작된 독서와 그를 통한 문학에의 심취는 학교 공부를 경시하기에 이른다. 그리고는 마침내 학교까지 그만두게 된다.

舊小說을 卒業하고 新小說로 入學하야 數年來「叛逆者의 母」(고-리끼), 「모오팟상選集」(투르게넵호) 이러한 것을 알든 몰으든 줏어읽고 「하이네」 이러한 이들의 作品을 흉내내여 성히 抒情小曲이란 者를 作하든 仇甫는 드듸여 이 해 가을에 일으러 집안어른의 뜻을 어기고 학교를 쉬어버렸다.

나는 내 자신을 남에게 뛰어난 天才에게는 正規의 학교교육이라는 것이 알안곳할배 아님을 잘 알고 있었든 까닭이다. 病이 이만하면 고황에 들었다 할까? 닷세에 한번 열흘에 한번 소년 구보는 아버지에게 돈을 타가지고 本町書肆로 가서 문학서적을 구하여 가지고와서는 기나긴 가을 밤을 세워가며 읽었다. 그리고 새벽녘에나 잠이들면 새로 한 시 두 시에나 일어나고 하였다. 일어나도 밖에는 별로 안나갔다. 대개는 책상앞에 앉어 붓을 잡고 가령 「흰 百合의 歎息」이라든 그러한 제목으로 순정소설을 쓸여고 낑낑 매였다. 이러한 생활은 구보의 건강을 극도로

해하고 무엇보다도 이 시대의 상하여 놓은 시력은 이제와 서 큰 뉘우침을 그에게 준다. 그러나 물론 당시의 구보는 그러한 것을 깨달을 턱없다. 몸이 좀 더 약하여지고 또 제 법 심한 신경쇠약에 조차 걸리고 한 것을 그는 도리혀 그 러면 그럴수록 좀더 우수한 작가일 수 있는 자격이나 획득 한 듯싶게 기뻐하였다.[3]

이처럼 박태원은 문학가로서의 자신의 길을 이미 제일고 보 시절에 확고히 했다. 이러한 독서열과 창작에의 열정이 박태원 문학의 시발에 원동력이 되었다. 이후 도쿄로 유학하 기 전까지 박태원은 활발한 창작활동을 통해 지면에 자신의 이름을 올리기 시작했다. 지식인으로서의 자각을 통해 작가 로서의 자의식을 형성한 셈이다. 도쿄 유학 직후까지의 박태 원의 작품은 이와 같은 박태원 개인의 의식이 고스란히 반영 되어 있다. 이를 당시에 발표한 단편 소설을 통해 살펴보면 다음과 같다.

당대 지식인의 소외의식과 소설적 발화법

어느 시대에서건 지식인의 역할은 인간 해방, 인간의 보편 화, 인간의 인간화라는 근원적 목적을 실천하는 일이다. 이 런 과정을 통해 지식인은 때로는 지배계급의 헤게모니를 거부하고, 또 때로는 기층계급의 옹호자가 될 수 있는 것이다. 지식인의 세계인식 방식은 보편적이고 합리적인 가치의 추구를 통해 동시대의 모순과 대립을 극복하는 것이다.

이는 익히 알려진 사르트르의 명제인데, 문명사회에서 인류의 역사가 인간 본래의 충만한 삶을 보존시키며 전개되어 오지 못했다는 사실을 거꾸로 입증해주기도 한다. 인간해방, 인간의 보편화, 인간의 인간화가 지식인 역할의 '근원적 목적'에 해당된다는 사고 결과는 그동안 인류의 삶이 구체적으로 어떻게 전개되어왔는가를 충분히 짐작케 해주는 것이다. 곧 억압-피억압, 지배-피지배의 관계를 말한다. 그 관계의 지탱은 개인 차원에서만이 아니라 집단·국가·민족적 차원에서도 마찬가지였음이 역사적 현실로 드러나곤 했던 것이다.

박태원 소설의 지식인 소외현상을 살펴보면, 지식인이 당면한 실업 문제와 이에서 비롯된 여러 부정적 현상들을 반영하려는 의지를 작품을 통해 표출하고 있음을 실감할 수 있다. 이러한 경제적 소외는 지식인을 사회 전반에서 룸펜 인텔리겐차로 만들어가는 하나의 원인이기도 했다.

박태원의 소설 속에는 식민지 지배체제에서 이념상의 갈등으로 빚어지는 현실 사회에 대한 비판적이고 부정적인 시각은 드러나지 않는다. 다만 30년대의 환경적응적 삶의 태도와 내면적으로 불안한 심리의식을 보여주고 있다. 이는 식민지 치하의 상황 속에서 지식인의 삶에 대한 관심과 작가 자신의 자아투영의 결과라고 할 수 있다. 즉 작가 자신이 관찰하는 자아와 관찰되는 자아라는 이중적인 역할을 지식인 주인공들의 도시적 삶의 모습을 통해 나타내고 있는 것이다.[4)]

박태원의 소설에서 지식인 주인공들은 대부분 궁핍한 상황에 처한 무직자이거나 실직자, 아니면 가난한 문인들이다. 그들은 직업을 얻으려고 필사적으로 노력하지만 그러한 노력의 대가를 현실에서는 찾을 수 없음을 인식하고 자기 체념과 자기 소모적인 상태에서 삶의 비애를 체험하게 된다. 따라서 그들의 자아는 경제적 궁핍과 사회적 정체감의 상실과 정신적인 불안 및 초조로 인해 다중의 고통을 유발하게 된다.

지식인이 주인공으로 등장하고 시대적 상황으로 인한 소외의식이 두드러진 소설은 「옆집색시」, 「딱한 사람들」, 「거리」, 「피로」, 「소설가 구보씨의 일일」, 「비량」 등이다. 박태원은 문인의 가난과 그에 따른 소외의 징후를 그리는 데 초점을 맞추고 있으며 일정한 직장을 구하지 못한 채 번민과 방황을 일삼는 지식인을 그린다.

「옆집색시」에서 주인공 철수는 도쿄유학생이다. 그러나 철수가 사회 속의 한 집단 구성원이 될 수 있는 부분은 없다.

보이지 않는 미래에 대한 막연한 기대심리도 작용하지만 결국 '초조'와 '불안'만이 그를 따라다닐 뿐이다. 그러므로 그에게 비치는 대상은 모두 쓸쓸하고 어두우며 고독할 뿐이다.

「피로」도 도시 속에서 희망 없이 하루하루 살아가는 단조로운 삶 그 자체를 피로로 인식하고 있다. '나'는 '다방의 구석진 테이블'에 앉아서 음악을 듣고 담배를 피우면서 미완성 작품을 구상한다. 그러나 조금도 안심할 수 없는 사회와 인심으로 현실세계를 파악하고 실제에 무기력한 하나의 지식인이 되어 도시의 암영 속에서 헤어나지 못하고 있다.

박태원의 소설 속의 인물들에게 지식은 자신의 자아성취 기회를 주지 않는다. 그들은 가장 기초적인 생계 그 자체를 위협받는 상황에서, 학식이 있음에도 불구하고 타인의 삶에 기생하는 굴욕적인 삶을 지탱한다. 따라서 그들의 심리는 자폐적일 수밖에 없다.

당대의 사회상에 비추어볼 때, 일제 강점기의 지식인들은 크게 식민지 권력집단에 추종 또는 동조하는 순응주의자가 되거나, 식민지 권력층의 이념에 상충될 때는 비판주의자 혹은 허무주의자로 나타나고 있다. 그런데 박태원 소설 속의 지식인들은 순응주의자도 아니며, 결코 비판주의자도 못 되는 허무주의자이다. 당장 현실 생활이 해결되지 않는 데서 오는 불안, 굶주림은 그들을 정처 없는 방황과 무기력하면서도 자조적인 인물로 변형시킨다.

이와 같은 소설적 상황을, 박태원의 초기 단편 중 「옆집색시」, 「피로」, 「전말」 등 세 작품을 통해 살펴보려 한다.

「옆집색시」를 통해 본 지식인의 일상

「옆집색시」는 1933년 『신가정』 1권 2호에 발표된 소설이다. 이 소설은 현실 개량의 적극적 의지를 상실한 채 일상적 삶의 무게에 수동적으로 이끌려 다니는 철수라는 인물이 서사 주체로 등장하는 작품이다. 일본에서 대학을 졸업하고도 취업을 하지 못한 채 "무어 하나 하는 것 없이 날마다 오정이나 되서야 일어날 줄 알고, 밥이나마 먹는지 안 먹는지, 한 번 밖에 나가면 자정이나 넘어서야 들어오는" 스물여덟의 룸펜 인텔리 철수는 가족과 주의 사람들에게 골칫거리이다.

그럼에도 불구하고 철수는 자신의 절박한 처지를 타개해 보려는 적극직 노력을 보이지 않는다. 그가 하는 일이란 취업과 결혼문제로 야기되는 초조와 불안 속에서 매일 매일을 소극적으로 소일할 뿐이다. "창백한 의지의 상실자"인 철수의 유일한 관심사는 "약혼까지 했다가 갑자기 파혼을 하고서 집에서 지내는" 옆집색시의 신상에 관한 문제이다. 자신의 절실한 문제인 취업과 결혼은 오히려 부차적이다.

또한 옆집색시에 대한 철수의 판단은 지극히 편협한 소재를 통해 주관적으로 이루어지는 한계를 지니고 있다. "뒷굽이 뾰족하고 높은 숙녀화"를 신고 머리를 틀어 올렸다고 해서 머지않아 시집을 갈 것이라고 단정하는 철수의 판단은 자신의 내면세계에서 이루어지는 관념의 유희에 불과할 뿐, 객관적 타당성을 인정받을 수 없는 생각에 불과하다. 그는 옆집색시에 대한 몇 가지 객관적 자료를 지극히 자의적으로 해석함으로써 올바른 행동 지침을 마련하지 못하는 잘못을 저지른다. 철수 자신이 자기 자신을 속인다고 했지만 자신의 잘못된 판단에 속는 줄도 모르고 속고 만 셈이 된다. 한 연구자가 정리하여 제시한 바와 같이, 철수는 객관적 사실을 철저하게 자신의 주관적 판단으로 치환하고 있음을 알 수 있다.[5)]

① 옆집색시가 여고를 졸업했다.
② 옆집색시가 머리를 맵시 있게 틀어 올렸다.
③ 옆집색시가 뒷굽이 뾰족하고 높은 숙녀화를 신었다.
　⇒ 옆집색시는 머지않아 시집을 갈 것이다.
④ 옆집색시는 작년 겨울에 약혼했다가 금년 봄에 파혼을 하였다.
⑤ 옆집색시는 풍금만 치고 있다.
　⇒ 옆집색시는 한평생을 풍금만 치면서 지낼지도 모른다.

⑥ 옆집색시는 뒷굽 높은 구두를 신었다.

⇒ 옆집색시는 머지 않아 시집을 가고 말 것이다.

⑦ 옆집색시와 원산 해수욕장에서 만났다.

⇒ 옆집색시는 아담하고 청초하다. 옆집색시는 미인이 고 애교가 있다.

⑧ 옆집색시와 반나절을 함께 보냈다.

⇒ 분수에 넘치는 행운이라고 여긴다.

⑨ 옆집색시는 서울로 돌아갔다.

⇒ 두 사람 사이를 가깝게 만들 필요가 없다고 생각하 면서도 고독을 느낀다.

여기서 철수가 옆집색시와의 만남을 "운명의 신이 그에게 준 분수에 넘치는 행운"이라고 할 정도로 이성으로 좋은 감정을 가지고 있으면서도 그녀에 대한 적극적인 행동을 하지 못하고 ⑨에서처럼 쉽게 단념해버린 것은 ①, ②, ③항이라는 그녀에 대한 객관적 사실을 아무런 논리적 타당성도 없이 주관적 결론으로 이끈 데서 기인한다. 재차 ⑥항과 같은 주관적 판단으로 자기 생각을 강화시켜놓은 상태에서 ⑦, ⑧항의 주관적 판단을 통해 알 수 있듯이 그녀에 대한 자신의 감정을 바닷가에서 집어든 조약돌을 바다 위에 돌팔매질하는 것과 같이 쉽게 팽개치고 만 것이다.

현실에서 접촉한 옆집색시에 대한 관념은 불완전한 주체의 의식 속에 고착된 상태로 나타난다. 그녀가 어디론가 곧 시집을 갈 것이라는 강박 관념이 그녀에 대한 자신의 적극적인 행동을 억압하고 있음은, 그녀가 서울로 떠나고 난 뒤 한 시간이 지나서야 자신이 취해야 할 당위적 행동 양식이 무엇인지를 떠올리는 데서 확인할 수 있다. 이는 주어진 상황에 대해 소극적으로 반응하는 자의식의 소산이다.

　지식인일수록 자신의 판단에 주관적 확신을 갖는 경우가 많다. 또 이를 자신의 대타적 우월감으로 느끼는 경우도 허다하다. 철수의 의식이 바로 그러하다. 이처럼 완고한 의식이 깨어나지 못한 상황에서 새삼 그는 짙은 고독을 느끼면서 지식인의 더욱 심화된 내면 의식 속으로 침잠하고 만다. 여기서 고독은 현실에 편입되지 못한 주체가 현실에의 패퇴를 대하는 보상적 태도라고 한다면, 철수는 자신의 주관적 판단이 어긋난 데 따른 능동적인 고독의 선택을 보인다고 할 수 있다.

　물론 자신은 그러한 사실을 깊이 인식하지 못하는 것이 상례이다. 오히려 어린 누이동생이 오빠에 대해서 지적한 "오빠는 말이야, 게을러서 그래"나 "풍금만 치고 있는 옆집색시나, 대낮이다 되어 자리에서 일어나는 내 집 서방님이나, 둘이 다 똑같이 딱하다"고 인식하는 할멈의 생각이 지식인인 철수의 생각보다 훨씬 더 정확한 상황 판단이며 권위 있는 진술로 받아들여진다. 지식인의 지적 판단 능력이 마비된 상태에서 지식인이 아닌 사람보다도 못하다는 것은 아이러니를 창출하는 상황이라 하겠다.

이와 같이 자신의 신변사에만 배타적 관심을 가진 인물이 서사주체이자 초점인물로 등장함으로써 이 작품의 서사지평의 폭은 협소할 수밖에 없다. 이 작품에는 대학을 졸업하고 1년이 넘어서도 초조와 불안 속에서 부유·방황하는 룸펜 인텔리의 심리적 편린들만 단편적으로 제시될 뿐, 그러한 사회현상을 규정하는 발생 동인인 당대 사회현실의 모순구조에 대한 구조적 통찰력은 그 편린마저도 제시되지 못하고 있다는 비판[6]을 면하기 어렵다.

「피로」를 통해 본 도시 공간

박태원의 초기 단편소설들은 주로 1930년대의 경성을 대상으로 하여 그곳의 근대성 문제를 형상화하고 있다. 앞에서 살펴본 바와 같이 박태원 소설의 인물들은 어느 한 곳에 안주하지 못하고 부유하며, 불안과 혼돈 속에 놓여 있는 분열된 주체의 모습을 보여준다. 이러한 주체의 분열된 모습을 드러내는 데 있어, 박태원은 그 텍스트를 시간성에 의하기보다는 시각화라는 공간성의 기법을 활용하고 있다.

이러한 공간화의 기법은 과거·현재·미래의 시간성을 해체하고 현재의 공간성마저 무의미한 것으로 만들어버리는 경향이 있다. 박태원에게 있어 도시 경성은 식민지의 공간이며, 근대성이란 일제의 수탈을 목적으로 한 강압에 의한 것이므로 이미 그 속에 모순이 내재되어 있는 것으로 인식된다.

　「피로」는 '어느 반일의 기록'이라는 부제가 붙은 단편소설로서 1933년 『여명』 1권 2호에 발표된 작품이다. 이 부제가 암시하고 있듯이 이 소설은 '나'의 반나절 여정을 서술하고 있다. 소설은 어느 겨울 오후 두 시 다방 낙랑파라 안에서 시작되는데, 주인공 '나'는 다방 안에서 원고를 쓰다가 거리로 나와 배회한 후, 저녁 열한 시경에 다시 낙랑파라로 돌아가 작품에 대한 생각을 하는 것으로 끝을 맺고 있다. 박태원의 많은 소설들은 주인공이 떠난 자리로 다시 돌아오는 원점회귀형 공간구조를 이루고 있는데 이 소설 또한 그러한 형식을 갖고 있다.

　주인공 '나'가 이동하는 공간은 다방 안→거리→버스 안→한강→다시 다방 안으로 되어 있다. 이 소설은 구조상 모두 다섯 부분으로 분절되어 있는데, '나'의 공간적인 이동과 각각 대응되어 있기도 하여[7] 텍스트 내적으로도 배경을 공간화한다. 서술상의 구조적 분절단위의 중요한 내용을 정리하면 다음과 같다.

① 나는 다방에 앉아 글에 대해 생각하다가 조선 문단의 침체를 비판하는 청년들의 대화에 소설 쓰기를 그만두고 거리로 나온다. (다방 안)

② 나는 M신문사와 D신문사에 들리나 아무도 만나지 못하고 다시 거리로 나온다. (거리)

③ 나는 노량진 행 버스를 타고 가면서 도시의 일상성을 목도하고, 인생에 피로한 자신을 발견한다. (버스 안)

④ 겨울의 한강에서 삶의 어수선하고 살풍경한 풍경을 보고 자신의 길을 본 듯 악연해한다. (한강)

⑤ 나는 다시 다방으로 돌아와 음악을 들으며 미완성의 원고를 생각한다. (다방 안)

이 소설의 주인공이 공간 이동을 함에 있어서나 또는 서술 상황의 공간적 배경의 이동에 있어, 어떤 특별한 인과성에 의거한 변화를 보이고 있지는 않다. '나'가 나방을 나오는 자체부터 어떤 목적성이 배제된 행위이기에 주인공의 공간 이동은 필연성을 갖지 못한다. 그것은 주관성에 의해 포착되는 무의미성을 드러낸다. '나'의 행위는 어떤 결과를 예상하는 논리성에 바탕을 둔 것이 아니라, 무의지적인 방심 상태에 놓여진다.

이러한 방심 상태에서는 하나의 행동에 무수한 기억의 가능성들이 매달리게 되고, 미묘하고 섬세한 의식의 교차 속에서 과거·현재·미래의 수많은 행동의 기억들이 펼쳐지게 된다.[8] 따라서 '나'는 대상들과의 접촉에서 자신만의 주관적 세계를 구축한다. 그 주관적 세계는 현실의 본질을 드러내는 것이 아니라, 현실을 은폐시키거나 아예 환상적 공산으로 치환시켜버린다.

「피로」는 '나'라는 일인칭의 화자를 통해 1930년대 근대 도시 서울의 면들을 드러내지만, 최소한 '나'에게 있어서는 서울이라는 근대 도시 공간은 단지 피로감만 안겨주는 무의미성의 공간이다.

'나'는 호떡을 먹으며 걸어오는 아이를 발견하고 몇 년 전에 보았던 음식점을 생각해내며 그곳에 있었던 광고판을 떠올린다. 그리고 경제공황 탓에 '특제 라이스카레' 제법을 아무에게든 전수해버렸을지도 모른다고 생각한다. 이것은 비논리적인 사념이다. 현재와 과거가 아무런 연관성 없이 의식 속에 자리 잡으며, 일어난 일인지 확실치도 않은 사건들을 연상한다. 내면의식은 끊임없이 유동하며 인과성이 없는 다른 것들로 이동한다.

이러한 내면의식에 의한 무의미적 연상 작용은 이 소설의 서술상황의 특징이다. '나'는 창문을 통해 안을 엿보는 어린아이의 눈을 보았을 때 스티븐슨의 동요를 생각하고, 명암의 교착에서 황혼을, 그리고 황혼에서 인생의 황혼을 연상한다. M신문사 앞에 이르러서는 R씨의 글이 휴재되었던 것을 기억하고, 역시 인생은 피로한 것이라 생각한다.

'나'는 M신문사 편집국장이 현재에 무엇을 하는지 알지 못하면서, 바로 지금 층계라도 오르내리고 있는 것일까?… 또는 변소 안에라도 있을 것인가?…라고 생각하기도 하고, 내일의 신문기사의 표제를 "行衛不明의 編輯局長…編輯局長의 紛失…"이라고 고르기도 한다. 현재에서는 부재하는 것들을 의식의 연상작용은 현재성으로 만들어버린다. 이렇게 '나'의 내면의식에 의한 연상작용들은 현실이 전제되어 있지 못한 임의성이 짙은 것들로 나타난다.

「전말」을 통해 본 자아의 내면의식

「전말」은 1935년 12월 『조광』 1권 12호에 발표되었다. 이 소설은 '나'와 '나'의 의식 속에 설정된 '아내'와의 심리전이 밀도 있게 펼쳐지는 작품이다. 일인칭 서술자인 '나'는 '나'와 '아내'의 입장을 오가면서 두 사람의 입장을 균형 있게 서술하는 객관화된 입장을 견지하려는 모습을 보여준다.

가난한 무직 인텔리인 '나'는 경제적으로 무능하면서도 남의 원조를 받는 것에 대해 극도의 반감을 가지고 있는 자존심 강한 인물이다. 특히 장모와 아내 사이에 이루어지는 은

밀한 금전 수수 관계는 '나'와 아내 사이의 불화와 갈등을 유발하는 요인이 되고 있다. 돈 문제로 생겨난 갈등이 두 사람의 애정관계, 조상의 능력, 아내의 용모 등 외적인 문제로까지 확산되면서 급기야 아내는 절대로 귀가하지 않겠다는 선언을 하며 가출한다.

처음에는 곧바로 귀가하리라고 생각했던 '나'는 점차 시간이 흐르면서 아내의 신변에 대해 불길한 상상력이 발동한다. 더구나 친정으로 갔을 것이라는 예상이 빗나가고 아내의 행방이 묘연해지면서 초조하고 불안한 심리상태가 증폭된다. 결국 가출했던 아내가 귀가하던 도중에 서로 만나게 되는데 이성적이고 냉철하게 대처하리라던 결심은 자신도 모르게 사라지고 아내의 귀가에 대한 반가움만을 조건 반사적으로 드러냄으로써 두 사람의 심리적 긴장관계는 해소되고 만다.

그러나 논리적이고 이성적인 사유에 의해 이루어지는 교감이 아니라 감성적이고 즉물적인 방식에 의한 순간적 화해라는 점에서 문제의 본질이 근본적으로 치유된 것은 아니다. 이는 지금까지 남편이 지키고자 했던 자존심이 권위적 허상이었다는 것을 입증한다. 별다른 문제거리도 아닌 것을 가지고 문제를 삼아 분란을 자초했던 것이므로 그 문제 해결에 있어서도 굳이 뚜렷한 논리를 앞세운 해결이 필요 없다.

따라서 남편이 보여준 결말부분의 행동은 경제적 문제에

대해 표면적으로 지키고자 했던 위선적 자존심이 물리적 현실 앞에 굴복함으로써 보다 진실에 가까운 인간적 면모를 드러낸 것으로 보아야 한다. 남편이 '정신'이라면 그에 대응하는 아내는 '물질'을 표상한다. 가출했다가 돌아오는 아내를 자신도 모르게 반기는 모습은 아내의 신변에 대한 걱정에서 비롯된 측면도 있기는 하지만, 아내의 가출에 계기를 제공했던 장모의 금전적 도움을 현실적으로 수용하고 있음을 의미한다. 그것도 아내를 만나기 전부터 내심으로는 돈의 가치를 충분히 인정한 데서 나온 행동이라고 해석하는 것이 자연스럽다.

이처럼 물질이 정신을 압도하는 현실 속에서 살아갈 수밖에 없는 지식인은 나약하고 위선적인 정체성을 강요당할 수밖에 없다. 자신의 자존심을 고수하기 위해 일부러 외출하는 '나'의 모습은 희극적인 분위기마저 느끼게 한다. 이는 정신이 물질을 선도하지 못하고 물실이 가져다준 환경에 따라 수동적으로 이끌려 반응하는 미숙한 지식인의 안타까운 면모이다.

일인칭 서술자의 자기 고백적 진술 형태가 주는 느낌이 이 소설에서는 주관적으로만 느껴지지 않는다는 특징이 있다. '나'의 섬세한 심리적 추이에 서술의 중심축이 설정되어 있기 때문에 다른 일인칭 서술자의 소설이라면 당연히 주관적이고 개인적인 차원의 심리적 토로가 되고 말았을 터인데도 객관적인 느낌마저 주고 있다. 그것은 '나'의 심리 고백 속에 아내의 입장이 반영된 異語的 진술이 원심적 언어로서의 담론 특성을 형성하고 있기 때문이다.[9] 이것은 두 가지의 목소리를 가진 담론의 특별한 형태로서 말하는 등장인물의 직접적인 의도와 굴절되어서 표현된 저자의 의도가 동시에 드러난다.

지금까지 박태원 문학이 가진 전체적인 성격과 의미를 개괄적으로 살펴본 다음, 초기의 박태원 문학이 어떤 환경에서 출발하였으며 식민지 지식인의 일상에 대한 표현이나 지식인의 소외의식에 대한 소설적 발화법이 어떤 형태로 드러나는가를 검토해보았다. 그리고 이러한 특징을 잘 나타내는 「옆집색시」,「피로」,「전말」등 세 편의 단편을 그 주제와 결부하여 분석해보았다.

이 소설들은 뚜렷한 직업을 갖지 못한 룸펜이나 경제적으로 빈곤한 소설가들이 중심인물로 등장한다는 공통점이 있다. 또한 사회적 정체성을 확보하지 못한 소외된 지식인들의 내면적 고뇌가 체험적 삶의 양태로 드러난 것이다.

그리고 이들 작품은 소외 의식과 삶의 무력감이 내면화되어 방관적이고 자조적인 의식으로 일관하고 있다. 당연히 이 소설들은 서사성의 약화로 이어질 수밖에 없고, 그 내용 자체도 '에세이즘'의 차원에 머무르는 것들이 대부분이다. 그러므로 이들은 경제적 궁핍이라는 현재의 물리적 환경이 과거의 주관적 체험과 연결되면서, 증폭된 자의식을 거쳐 예술성과 심미성이 조화를 이룬 허구적 진실로 실현된 소설이라고 할 수 있다는 평[10]을 얻게 되는 것이다.

구인회 시절과 이상

박태원은 1930년 가을, 도쿄로 유학을 떠났다. 당시의 유학은 지식인들에게는 유행과도 같은 것이었다. 봇물 터지듯 밀려드는 신문물은 일본을 통해 들어왔다. 그만큼 도쿄란 도시는 새로운 시대적 풍조인 자본주의를 가장 먼저 받아들이는 곳을 의미했다. 문화와 예술 역시 마찬가지였다. 더구나 유복한 가정 환경 탓에 경제적 여유도 있었던 만큼 어렵지 않게 도쿄 유학을 결정했던 것으로 보인다. 그러나 도쿄에서의 그는 학문 자체에 관심이 있었다기보다는 새로운 문물의 체험에 더 흥미가 있었던 것으로 보인다.

도쿄에 도착한 박태원은 호세이(法政)대학 예과에 입학했다. 그러나 학업에 힘을 쏟는 대신 영화 관람에 탐닉한다든지 술집을 드나드는 것으로 대부분의 시간을 보냈다. 즉 서구 문물에 대해 왕성한 흡수의 경과를 보였던 당시 도쿄에서 영화·미술·음악 등의 예술에 심취함으로써 자신의 예술적 감각을 키우려 했던 것이다. 특히 당시 일본 문단에 유행하던 신심리주의 소설에 많은 관심을 가지고 있었으며, 서구의 아방가르드 운동이나 모더니즘·다다이즘에 호기심을 보이기도 했다.

그러나 박태원은 호세이대학을 중퇴하고 얼마간 더 일본에 머물러 있다가 귀국했다. 귀국한 박태원은 구인회 가입과 더불어 다시금 문학 활동을 시작하게 되는데, 구인회에서의 활동은 박태원의 삶과 문학을 이해하는 데 매우 중요한 지위에 있다. 일본에서 공부하고 느꼈던 서구 모더니즘의 문학적 형상화가 비로소 본격적으로 시작되었던 것이다. 이는 당시 우리나라 문단의 현실을 살펴보는 논의와도 깊이 연관될 수 있다.

1930년대 우리 민족은 식민지 상태에 있었고 사회 경제적으로 또는 사상과 문예적으로 궁핍하고 절박한 상황에 처해 있었다. 3·1운동 후 20여 년에 걸친 총독정치 아래 거의 완벽하게 식민지 체제로 고착되어 있었던 것이다. 한반도를 발판 삼아 동북아까지 그 손길을 뻗치고자 하는 일본 제국주의의 야심이 한층 고조되면서 수탈정책이 강화되던 시기에, 우리 지식인들 속의 반항은 사상·학문·교육·문학·예술 전반에 걸쳐 진작의 길을 모색하게 되는 것이지만 그 길은 멀고 험난했다.

1920년대까지만 해도 시인들은 인간의 정서나 단순한 자기 감정을 토로하는 데서 그쳤으나, 1930년대에 들어서자 무엇을 쓸 것인가에 중점을 두는 것이 아니라 어떻게 쓸 것인가에 대해 고심하는 시의 방법론적 문제에 직면하게 된다. 동시에 1920년대와 1930년대 사이의 문학의 성격은 프로 문학과 순수 문학, 그리고 모더니즘 문학의 대결상황이 말해주듯이 여러 사조가 혼재했었다. 1930년대는 카프의 해체 위기로부터 시작한다. 1, 2차 카프 맹원 검거사건으로 결정적인 타격을 받은 카프가 결국 1935년에 해체되는 일련의 과정은 문학으로부터 모든 정치 사회적 이념이 추방되는 과정을 뜻한다. 이는 곧 1930년대 문학의 출산 과정을 의미하는 것이다.[11]

그래서 정치 · 사회 · 문화 등 1930년대의 시대 상황은 문학으로 하여금 문학 외의 다른 모든 것들로부터 탈피하여 오로지 문학 그 자체 속에 안주할 것을 요구하였다. 이렇게 됨으로써 1930년대의 시인 · 작가들은 할 수 없이 당면한 사회적 · 역사적 현실을 외면하게 되고 개인적인 장인(匠人)으로서의 기능에 충실하게 되었다.

여러 시인 및 작가들은 1920년대의 단순한 스토리 전달에서 벗어나 표현이나 묘사를 중시하면서 능률적인 기법[12]에 주목하는 작품세계를 보여주는 과정에 이르게 되며 이러한 문학적 방법이 1920년대의 그것과는 확연한 차이를 보여주게 된다. 이렇게 본다면 1930년대 문학을 주도해나간 구인회의 문학은 1920년대의 순수 문학에 대한 회의와 부정에서 비롯된 것임을 알 수 있다.

1930년대의 모더니즘 문학은 잘 알려져 있다시피 시문학파와 해외문학파에 의해 탐색되기 시작했으며 이러한 기운은 1933년 구인회가 결성되면서 점차 확대·발전되어나갔다. 몇 명의 시인이 관여한 시문학파가 시에 국한하여 모더니즘 문학운동을 펼쳐나갔음에 비해 구인회는 시뿐만 아니라 소설까지도 아우르는 폭넓은 문학 활동을 보여주었다. 이를테면 1930년대의 모더니즘 문학은 구인회에 의해 비로소 정착되고 자리를 잡게 되었다고 보아야 하며 구인회의 문학적 특성도 모더니즘적인 문학의 일단으로 규정해야 할 것이다.

모더니즘 문학이란 단순하게 현대적이며 도회적인 삼삭을 바탕으로 새로운 실험적인 기교를 보여주는 문학만을 의미하는 것은 아니다. 이러한 요소들과 더불어 전근대적인 교화주의·목적주의에서 벗어나 본질적으로 언어의 자율적 구조에 의해 이루어진다는 미적 자의식·주관성의 원리 등을 토대로 한 문학을 지칭하는 개념이라 파악해야 한다.[13]

구인회가 결성된 1933년은 비록 제1차 카프 맹원 검거 사건이 있은 뒤라 할지라도 여전히 카프가 막강한 세력으로 문단을 장악하고 있던 때였다. 획일적이고 도식적인 이데올로기 문학만이 최고·최선의 문학으로 인정되고 있던 때에 몇몇 뜻있는 시인·작가들이 이에 맞서는 문학단체들을 만들고자 궁리하였으며 그것은 해외문학파와 시문학파의 형성으로 비로소 구체적인 형태를 보이고 이어서 구인회의 결성[14]으로 본격적인 면모를 드러낸다. 자연발생적인 신경향파 문학이 프롤레타리아 문학으로 발전되어나가자, 1925년 사회주의 문학가들은 박영희·김기진·임화·김남천 등을 중심으로 카프를 조직하고 나아가 이에 걸맞은 강령을 채택하여 이후 약 10년 동안이나 당시의 한국 문단을 지배하였음은 주지의 사실이다. 이러한 조직에 대항하여 문학의 자율성·순수성을 지키고자 뜻을 같이했던 구인회 동인들은 이 단체를 그야말로 순수하고 소박하게 만들자는 생각에 합의했다. 이들은 번잡스럽고 그럴듯해 보이는 강령이나 조직을 만들지 않은 채 무엇보다도 구인회가 소박한 문인 친목단체의 성격을 띠고 있다는 점을 내세웠는데 이는 카프의 획일적이고도 경직된 사상과 조직적인 행동에 반감을 품은 미리 계획된 의도에서 비롯된 것이었다.

구인회 동인들의 모더니즘 문학은 비록 일정한 조직에 의해 계획적이고 체계적으로 전개되지는 못했으나 개인적으로

는 물론이고 단체적으로도 나름대로의 활발한 활동을 보여
준 바 있다. 두 번에 걸친 문학공개강좌[15], 기관지『시와 소
설』의 발간[16], 월 1회의 회원 작품합평회, 신문이나 잡지를
이용한 동인들의 집단적인 의사 표명과 기성문단 비판 등 가
시적이고 집단적인 활동 이외에도 개인적인 시인·작가의
자격으로 본격문학이라 할 수 있는 모더니즘 작품을 왕성하
게 발표한 사실은 이를 반증하고도 남는다.

　박태원은 1933년 구인회에 가입하면서 작가로서의 지위
를 확고하게 정립하기 시작했다. 구인회 회원들은 유동적이
었지만 박태원은 구인회를 끝까지 지킨 회원이었다. 그의 소
설 기법도 구인회의 이념에 합치되는 모더니즘적인 것이며
그 문학적 성과 또한 괄목할 만한 것이었다. 이들은 여러 가
지 활발한 문학 활동 즉 개인 활동은 물론이고 강연회 개최,
기성문인 비판, 기관지 발간 등을 통해 구인회의 문학적 이
념을 실천하려고 했다. 기존회원의 연이은 탈퇴와 신규회원
의 가입이 계속되는 과정에서 이태준·박태원·이상 등은
끝까지 회원으로 남으면서 이 단체의 실질적인 역할을 수행
하게 된다.

　그 가운데 박태원은 여러 가지 표현 형식을 시도하였고,
심리소설이라는 독특한 소설형식을 창출하였다. 묘사와 표
현을 강조함으로써 이를 소설 기법의 하나로까지 인식하고

있던 이태준 못지않게 박태원 또한 이에 대하여 깊은 관심을 갖는다.

실제로 그의 작품에는 다양한 형태의 기교는 물론이고 독특하면서도 참신한 묘사와 표현이 주를 이루고 있다. 박태원의 소설적 실험을 간단히 요약하자면, (1)한 편의 소설은 수많은 쉼표를 사용하여 한 개의 장거리 문장으로 쓰는 것(「방란장 주인」) (2)수식(數式)으로 중간 제목을 삼거나 작품 속에 신문광고를 삽입하는 방식(「딱한 사람들」) (3)소설의 본문 일부를 중간 제목으로 삼거나 '의식의 흐름' 수법의 시도(「소설가 구보씨의 일일」) 등의 모습을 볼 수 있다. 박태원은 자신이 채택하고 있는 소설 형식을 '심경소설'이라 명명한다.

심경소설이란 일인칭 형식으로 서술, 객관 세계의 묘사보다도 객관화된 주관 세계의 묘사에 치중, 삶의 총체성보다는 개별성 구현을 의도하고, 객관적 진실보다는 주관적 진실을 추구하는 종래의 전통적인 소설 양식과는 구분되는 특징을 갖고 있다. 박태원이 왜 심경소설을 택했는가는 그의 심경소설 「소설가 구보씨의 일일」을 통해 알 수 있다. 현실 세계와의 부조화, 잃어버린 자아의 행복, 내면적인 진실 등이 그 원인인데 이는 심경소설 양식이 그의 체험 내용에 합당하기 때문이었다.

박태원은 심경소설이 본격소설에 비해 다루는 세계가 좁으나 깊이가 있고, 작가에게 친숙한 세계를 담을 수 있고, '심리해부'와 그 '수련'에 적합한 양식이라고 주장한다. 그는 소설 작품을 창작하면서 현재와 과거, 현실과 환상을 동시에 표현할 필요가 있을 때 영화의 중요한 기법 중의 하나인 '이중노출'과 몽타주 수법을 활용하고 있다. 여기서 관심을 끄는 것은 그가 제임스 조이스의 「율리시스」에서 사용한 '의식의 흐름' 기법을 알았다는 것과 영화의 고유기법 중 이중노출의 방법을 소설에 직접 수용했다는 점이다.

또한 그는 소설 작품을 창작함에 있어서 현재와 과거, 현실과 비평가에 대한 자신의 입장과 견해를 분명히 밝히고 있다는 점에서 주목을 요한다. 프로 작가에게 비판을 가하고 있는 박태원의 글들을 통해서 우리는 박태원 소설, 나아가서 구인회의 소설이 애초부터 편내용주의적인 프로 문학에 맞서기 위한 대타의식에서 비롯된 것이라는 잠징적인 결론을 얻어낼 수 있다.

박태원에게는 사실 여러 유형의 사소설적인 작품들이 많다. 또한 자신과 절친한 친구였던 이상과 그의 연인들을 소재로 하여 다룬 「제비」, 「愛慾」, 「이상의 비련」 등의 작품도 이 범주에 든다. 이러한 소설들은 작가 자신의 심경이 크게 부각되어 나타나 있음으로 해서 심경소설의 한 부분으로 간주해야 할 것이라 본다. 이처럼 다양한 기법의 실험 양상과 서술기법의 심화, 내면 세계로의 침잠 등으로 요약해서 박태원 소설의 성격을 특징지을 수 있겠다.

박태원과 이상

구인회에 적을 둔 여러 명의 시인·소설가들이 있었지만 회원들은 늘 유동적이었다. 그들의 문학정신이 서로 일맥상통하였지만, 박태원과 이상은 유독 친밀했다.[17] 박태원은 이상을 소재로 하여 「애욕」, 「방란장주인」, 「성군」, 「제비」, 「이상의 비련」 등의 작품을 쓰기도 했다.

특히 박태원이 「제비」, 「소설가 구보씨의 일일」에서 실제 인물인 이상을 그대로 그려내고 있다는 점은 흥미로운 일이다. 이는 한국 문학사 및 모더니즘 문학에서도 특수한 한 장면을 이루고 있다고 할 수 있다. 특히 이상의 삶을 그대로 소설화함으로써 독자들에게 유명한 '제비' 다방의 감각을 그대로 전달하고 있다. 또한 이보다 훨씬 더 인상적인 것은 「報告」의 한 대목이다. 이러한 내용들은 이상의 「날개」를 연상시킬 만큼 그 내용에 있어서 유사한 배경이 나온다. 「날개」에 나오는 '三十三번지'나 '十八가구'는 「보고」에 나타나는 대항 권번 근처의 관철동 '삼십삼번지' 및 '열여덟가구'와 정확히 일치한다.

이렇게 박태원의 「보고」는 「날개」의 상황을 전제할 뿐만 아니라 그것과 깊이 연관되고서야 씌어질 수 있었던 작품이다. 왜냐하면 「보고」는 서사 대상이 이상의 삶이고 그 서사 원리는 이상의 삶에 대한 관찰이기 때문이다. 한편 이 작품이 모두 1936년 9월호 잡지 (「날개」는 『조광』에, 「보고」는 『여성』)에 같이 발표되었다는 사실 역시 의도된 행위였다는 것을 알 수 있다. 일단 그 실증적 사실만으로도 한국문학사에서 구현된 일종의 문학적 주고받기의 한 예를 이루고 있다. 이는 이상 및 박태원과 관련된 한국 모더니즘 문학의 핵심적인 한 양상을 설명하는 단서가 될 수 있다.

모더니즘의 새로운 문학형식을 추구했던 구인회 작가들의 '심리소설', '알레고리의 방법', '의식의 흐름' 등의 수법과 연관 지어 생각해볼 때 그들의 창작행위는 개성적이라 할 수 있다. 그들은 소설에서도 서로 마주보고 있는 듯한 형태를 취하고 있다. 도시에서 거주하는 개별화된 한 인물의 생활을 묘사하고 그 현실을 재구성하며 개인적인 삶을 추구하는 경향을 보이던 이들의 소설에서 그들의 자세는 서로 다른 양태를 이룬다. 박태원은 한 개인의 삶을 들여다보면서 도시를 배회하는 배회자로서의 수평적인 시선을 보이지만, 이상은 한 공간에서 자신의 삶을 자조적인 어조로 서술하는 폐쇄회로의 소설을 구성한다.

즉 박태원은 바깥에서 안으로 향하는 태도를 보이면서 객관 세계의 묘사보다 객관화된 주관 세계의 묘사에 치중, 삶의 총체성보다는 개별적인 구현을 의도한다. 현실 세계와의 부조화, 잃어버린 자아의 행복, 내면적인 진실을 찾아 끊임없이 이상과 자신의 둘레를 돌고 있는 것이다. 이상은 내면 깊숙이 그 마음의 골방에 숨어서 더 나아갈 수 없는 바깥 세계에 대해서 더욱 안으로 굳어가는 현실을 내적 독백의 수법을 통해서 알레고리적 방법으로 형상화하고 있다.

이들은 이처럼 구인회라는 조직을 통해서 돈독한 문학적 동질성을 구축하고 있다. 박태원과 이상의 작품에 나타나듯이 구인회 구성원 상호간의 문학적 영향관계와 그 핵심을 읽을 수 있다. 현대라는 명제와 억압적인 정치 상황에서 이루어지는 반성적 분열과 그에 대한 관찰의 문학적 상호작용은 적어도 이상과 박태원을 통해서 구현된 1930년대 한국 모더니즘 문학의 주요한 한 양태이다. 이는 주관과 객관의 본격적인 소설적 교섭을 보여주는 문학사의 한 장면이다.

「염천」과 「애욕」에 등장한 이상의 애정 행각

박태원의 문학 활동에 있어서 구인회 가입과 문학적 교유는 매우 중요하다. 구인회를 통하여 문단에서의 지위를 확고하게 정립할 수 있었던 것과 아울러 동인들과의 공동체적인 인식 또한 비단 문학 활동에만 국한되었던 것이 아니었던 까닭에서이다. 특히 이상·이태준 그리고 김기림과의 관계는 주목할 만하다. 김기림의 다음과 같은 글은 그들의 관계가 얼마나 두터운 것이었나 하는 것을 잘 방증해준다.

구인회는 꽤 재미있는 모임이었다. 한동안 물러간 사람도 있고 새로 들어온 사람도 있었지만, 가령 상허라든가, 구보라든가, 상이라든지 꽤 서로 신의를 지켜갈 수 있는 우의가 그 속에서 자라가고 있었다는 것은 지금 생각해도 유쾌한 일이다. 우리는 때로는 비록 문학은 잃어버려도 우의만은 잊지 않았으면 하고 생각할 때가 있었다. 어떻게 말하면 문학보다 더 중한 것은 인간인 까닭이다.[18]

또한 김기림은 그들의 대화가 프랑스의 시에서 출발하여 영화, 현대 회화에까지 미쳤다고 말하고 있는데[19] 이것은 그들의 문학적 지향점을 가늠하는 데 매우 시사적이다. 이러한 예술파적인 분위기는 1930년대에 이르러 우리 화단에 후기 인상파·야수파·표현파 등 다양한 사조들이 유입되면서 형성되었던 분위기와도 관련성을 맺고 있다.[20]

구인회 동인들 중에서도 특히 이상과 박태원은 매우 친하였는데 그 둘은 현대 예술에 대한 강렬한 욕구와 실험정신,

전위성 등에 있어서 선구적이라는 공통점을 지니고 있다. 동시에 둘 다 서울 태생으로 스스로 천재라고 생각하면서, 현실에 다소 지각하였다거나 그렇지 않으면 현실이 그보다 몇 시간 뒤떨어졌다고 믿으면서 새로운 문학세대로 자처하였다. 이들은 문학이 감당할 수 있는 한 가능한 모든 실험적인 기법을 적극적으로 시도함으로써 문학영역의 심화와 확대에 크게 기여하려 했다.

박태원은 이상을 모델로 한 작품 「애욕」[21], 「제비」[22] 등을 발표하고 이상은 박태원의 소설 「소설가 구보씨의 일일」에 필명으로 그림을 그려주기도 한다.[23] 박태원과 이상은 항상 붙어 다니면서 재담과 독설로 현실을 풍자하였다. 박태원은 어느 누구보다도 이상의 사생활에 대하여 가장 자세히 알고 있었으며 또한 그의 삶을 가장 잘 이해해주었던 것으로 보인다. 이상은 자주 도피 행각을 벌였던 것으로 알려져 있는데 서울로 귀환할 때마다 제일 먼저 찾아간 곳은 천변가로 나 있던 박태원의 방 창문이었다.

그 둘이 문학적 기량을 발휘할 수 있었던 것은 당시 『조선중앙일보』 문예부장이었던 이태준의 후원과 배려가 뒤따랐기 때문인 것으로 보인다. 이태준은 「오감도」와 「소설가 구보씨의 일일」에 대한 독자와 평론가들의 항의와 비판을 감수하면서 작품을 발표할 수 있게 해주었던 것이다. 이상이 죽은 후 박태원은 이태준·김기림과 깊은 유대관계를 지속적으로 유지했으며 그들의 관계는 월북 후에까지 이어졌다.

한 작가의 세계관은 개인적인 성격뿐만 아니라, 신분 계층의 속성과 시대적인 상황과의 역학 관계 속에서 생성·변화한다. 문학은 본질적으로 독립된 영역임에 틀림없지만, 결코 시대와 역사 그리고 전통과 유리되어 존재할 수 없다. 전통을 거부하고 문학의 자율성을 강조했던 모더니스트 박태원도 역시 역사적 상황과 문화적인 전통을 절대적으로 부정할 수는 없었다. 모더니즘의 이론적 소개에 앞장섰던 김기림의 일련의 글들로 바로 이러한 점을 재인식한 것이다. 모더니스트 김기림의 현실에 대한 재인식과 박태원의 순수문학 기교주의 문학에 대한 회의 및 새로운 모색은 거의 같은 시기에 이루어졌다.

1930년대 후반에 파시즘이 서서히 세계의 절반을 장악하기 시작했고, 그러자 인간들은 도덕성도 아무런 공동의 관심사도 없는 삶을 포기하고 대신에 인류의 미래라는 공통의 관심사 혹은 모랄로 재무장하기 시작했다. 또한 그가 보다 실재감 있다고 파악했던 룸펜 인텔리들이 하나 둘 주의자나 투사가 되기 시작했다. 또 그들이 전범으로 삼았던 초현실주의자들이 시대착오적이라고 믿었던 주의자들과 손을 잡는 예기치 못한 상황이 갑작스레 벌어진 것이다.

당대의 모더니스트들은 이 거대한 지각변동에 당황할 수밖에 없었다. 당대 문학인들은 국가독점자본주의의 한 형태인 파시즘을 야만주의(바바리즘), 혈족주의, 민족과 혈통의 고창자 등으로 인식했다. 박태원 문학의 현실적 근거가 자본주의 혹은 도시적 문명의 부정성에 있었다면, 1930년대 후반에 와서는 그들이 부정해야 할 대상이 갑자기 변모한 것이다. 박태원은 자신의 논리를 마련해주었던 자본주의 대신에 야만주의와 혈족주의라고 일컬어졌던 파시즘에 맞서야 했다. 이 당혹감은 당시의 모더니즘 문인들을 모두 변모시킨다. 이상은 도쿄로 향했고, 지성을 그토록 강조하던 최재서는 지성의 죽음을 선언했다.[24]

　이 갑작스러운 변화를 박태원은 모더니즘을 지우는 것으로 대응했다. 다가올 미래상에 대한 예측을 포기하고 눈앞의 현실에만 시선을 고정하기로 한 셈이다. 이것은 박태원 문학에 있어서 거대한 변화라 할 만한데, 왜냐하면 이 시기를 전후하여 박태원은 앞날에 대한 예측, 탈일상적인 욕망, 룸펜 인텔리의 형상 모두를 그의 작품에서 지워내기 때문이다. 이러한 변화의 시기에 나타난 작품이 「炎天」[25]이다.

　「염천」은 「애욕」과 같이 이상의 생활을 소설화하였으나, 모더니즘 소설인 「애욕」과는 다른 특성이 강화되어 있다는 점에서 박태원 소설의 변모 양상을 뚜렷이 보여주는 작품이다. 즉, 일인칭 중심의 등장인물을 통한 자의식의 관찰과 자신의 생활 체험을 바탕으로 시대적인 면모를 조감하려 했던 경향에서 벗어나 그 시야와 관심의 대상을 확대하려는 박태원의 의도를 분명히 감지할 수 있다. 바로 이 점에서 「염천」은 개인적 차원의 삶에 대한 관심을 집단적 차원의 삶에 대한 관심으로 전환했음을 보여주는 구체적인 작품이다.

「염천」은 이상의 애정행각을 소재화한 또 다른 소설 「청춘송」의 일부분을 개작한 소설이다. 박태원은 「염천」의 후기에 "이 작품을 죽은 이상에게 주고 싶다"고 적고 있다. 「염천」의 모태가 된 「청춘송」은 『조선중앙일보』에 1935년 2월 27일부터 5월 18일까지(78회) 연재하다가 중단된 소설이다. 젊은 남녀의 연애를 주로 다루고 있는 이 소설은 독자들의 거센 항의로 연재를 중단했다. 「청춘송」의 연재 중단을 비판하는 한 필자 미상의 글에는 예술성을 이해하지 못하는 독자들의 무지와 주체성 없는 신문사의 태도에 불만을 도로하고 있다.

연재된 내용만을 살펴보면 「청춘송」은 통속적인 연애담 이상의 의미를 지니지 못한 것으로 보이나, 창작기법에 있어서는 예술성이 강조된 소설이다. 박태원이 그중 일부분을 수정하여 단편소설로 발표하면서 식민지 상황에 대한 비판적인 시각을 강화하고 있는 것은 작가의 문학의식이 예술기법적 탐구에서 사회 모순의 탐색으로 변모하고 있다는 것을 반증한다. 또한 「청춘송」이 단순한 통속 연애담이 아니라 작가 나름대로 의미를 지니고 있는 작품이었다는 것을 의미하기도 한다.[26]

찻집 허가를 둘러싸고 남수와 경찰 사이에 벌어지는 일련의 상황 전개는 서민의 생존권을 철저하게 농락하는 식민지 경찰 행정의 폐단과 고압적인 전횡을 폭염이라는 상징적 배경과 함께 객관적으로 그려내고 있다. '염'(炎)은 '덥다', '따갑다', '끓다'의 의미를 지니고 있다. 이러한 일차적인 '염'의 의미가 이차적인 의미 속에 삽입되어 새로운 의미가 부가적으로 생성된다.

「염천」에서는 날씨와 의미 사이에 밀접한 관련성이 포착될 수 있음을 보여준다. 폭염은 단순한 날씨를 의미하는 것이 아니라 식민지 경찰 행정의 횡포를 말해주며 그 속에서 시달리는 조선 민중의 지친 모습을 동시에 연상할 수 있게 한다. 특히 '찻집'이라는 말은 일차적으로 남수에게 생활의 방편이라는 의미지만, 찻집의 기능적 측면을 고려할 때 휴식과 만남이라는 의미를 기본적으로 전제하고 있다. 그렇다면 찻집은 일과 휴식이라는 이중적 의미를 지닌 것으로 보아야 한다. 번번이 찻집 허가를 거절당하는 남수의 처지는 단순히 개인적인 문제를 떠나 일과 휴식을 모두 빼앗긴 채 살아가야 하는 조선 민중의 피폐한 삶이라는 의미로의 확산이 가능하다.

　이 작품에서는 서사구조 밖에 위치하는 서술자에 의해서 남수와 경찰 사이에 전개되는 대화와 행동이 묘사되는데, 이것은 당시의 현실을 독자에게 생생하게 재현하여 서술적 객관성을 제고시키려는 의도로 보인다. 갖가지 구실을 붙여 남수가 신청한 찻집 허가를 불허하는 경찰의 자의적인 태도는 서민 위에 군림하는 식민지 지배 세력의 실체를 우회적으로 환기시킴과 동시에 당시의 민중들이 사회에 대해 적의를 느끼게 하기에 충분하다.

　　① 객쩍은 소리를 하는 것을 경관은 모른체하고,
　　「게서, 찻집을?」
　　「네―. 그, 찻집을 하나 해볼까 하는데요……」
　　남수가 그의 기색을 살폈을 때, 그러나 경관은,
　　「소꼬와 다메다!」[27]

　　② 그러나 남수가 제법 자신을 가져, '종로통 삼정목 × ×× 번지' 이층집을 설명하였을 때, 경관은 선하품을 한번, 하고
　　「저―, 그럼 게가 바로 전찻길가 아닌가?」
　　「네―, 바로 그렇습니다.」

남수는 손에 든 모자를 잠깐 만지작거리며 대답하였을 때, 경관은 간단히 한마디,

「소꼬와 다메다!」

하고, 바로 전날 하던 그 말을 되풀이하였다.

(그럼, 전찻길가는 안된단 말인가? 허지만, 멕시코나 뽀나미나, 다아, 전찻길간데……)[28]

③「그럼, 바로 생철 지붕헌 그 집으로구먼 그래?」

「네, 바루 거깁니다.」

「하, 하, 하」

경관은 웃고,

「소꼬와 다메다요.」

이번까지 도합 세 번을 그는 남수에게 같은 선고를 하였다.[29]

이처럼 무려 세 차례에 걸쳐 남수의 찻집 허가 신청은 번번이 경관의 적당한 구실과 함께 불허당하고 만다. 처음에는 지붕이 얕다는 이유로, 두 번째는 전찻길이라는 이유로, 그리고 마지막에는 생철지붕이라는 이유로 경관은 허가를 내주지 않는다. 불허 사유가 특별히 규정되어 있지도 않은 상황에서 경관 개인의 자의적인 해석에 의해 허가가 나지 않는

것이다.

특히 「소꼬와 다메다」라는 일본어의 표기는 서민들의 생존권을 마음대로 좌우하는 일제 식민지 지배 권력의 권위적 담론[30]을 표상하는 언어적 표식이다. 이러한 지배 세력의 권위적 표현 앞에서 피지배 민족의 요구는 지극히 무력할 수밖에 없다.[31] 따라서 표제인 '염천'은 시대적 상황과 관련된 일정한 의미를 함축하고 있기 때문에 해석학적 코드의 기능을 하고 있다. 또 이 소설 텍스트의 시작과 결말 부분은 날씨와 관련한 비유적 상황을 제시하여 서사적 핵심 의미를 구체화하고 있다.

① 내일 모레가 바로 중복이라 해서, 더위가 한창인 어느 월요일 오후다.

경우에 따라서는, 오늘 이만 시각에, 한줄기 소낙비가 있을시도 모르겠다고 이것은 엊저녁의 '천기예보'다.

참말 시원하게 비라도 뿌린다면 작히나 좋으랴.

그러나 구름 한점 없이 쨍쨍한 저 하늘 본새로서는 그것도 다 당치않은 수작인 듯, 이러한 날은, 행길보다 집안 속이 오히려 견디기가 낫대서, 거리에는 사람들의 발자취도 드물다.[32]

② 천기예보는 그러하였어도, 비는 내릴 듯도 싶지 않게, 구름 한점 없는 하늘에 불덩어리 같은 해만 이글이글 끓어올랐다.[33]

날씨와 관련된 이 부분은 삼복 더위 중에서도 그 절정이라 할 수 있는 중복을 앞둔 시점에서 한줄기 소낙비를 기대하는 마음과는 반대로 구름 한 점 없이 쨍쨍한 하늘만 무더위를 더해주고 있다. 이는 광폭한 일본의 식민지 지배가 절정에 다다른 상황에서 그 어떤 개인적·민족적 전망도 기대하기가 요원한 상황임을 암시한다. 남수가 전신에 느끼는 '더위와 피로'는 단순히 육체적인 것이 아니다. "이제 또 어딜 가보누?……"하고 방향감각을 상실한 채 망연자실하고 있는 그의 모습은 가혹한 식민지 삶의 질곡 속에서 부유하는 조선 민족의 삶의 단면이자 삽화이다. 서술자가 제시한 객관적인 날씨는 남수가 처한 개인적 상황을 은유적으로 말해주고 있고, 나아가 남수와 같은 개인의 집합체가 처한 상황, 곧 집단적 상황으로의 확대 해석이 가능하다.

따라서 ①은 텍스트 전체를 지배하는 의미망으로 작용하고 있고, 결말부인 ②와 호응을 이룸으로써 그 은유적 의미를 확고히 담지하는 모습을 보여준다. 즉 일제의 폭압적인 통치는 이글이글 끓어오르는 불덩어리 같은 해로서, 해가 지닌 광명의 의미가 아니라 더위와 피로라는 고통만 안겨주는 대상으로 인식되고 있다. 미래에 대한 전망을 확보하지 못한 개인이나 민족의 현실적 삶은 고통일 뿐이고, 이러한 상황 속에서 영위되는 개인의 삶은 극히 위축되어갈 수밖에 없다. "거리에 사람들의 발자취도 드물다……"는 표현은 삶의 중심 현장으로부터 후퇴해버린 거리의 표정이며 점차 역동성을 상실해가는 식민지 조선의 정태적 공간 표정을 단적으로 나타내는 말이다.

식민지 시대를 살아가는 당시 민중들의 삶에 대한 관심을 형상화한 「염천」을 통하여 주목할 만한 것은 박태원의 작가 의식의 변모 양상이다. 「염천」은 이상의 다방과 잦은 폐업 및 개업을 소설화한 작품이다. 구인회의 멤버이자 1930년대 모더니즘 문학의 선구자로서 이상과 박태원의 친밀한 관계는 이미 언급한 바와 같이 익히 잘 알려진 사실이며, 박태원은 이상의 사생활을 고현학의 창작 방법본으로 구체화시킨 「제비」와 「애욕」을 발표하였다. 그러나 이상의 사생활을 소설화하였다 하더라도 「염천」은 「애욕」, 「제비」와는 상당한 거리가 있다. 즉 「염천」에서는 「애욕」의 주관적 미적 자의식이 객관적 현실 비판으로 변모되어 있다. 「애욕」에서의 창작 기법적 실험정신이 「염천」에서는 당대 사회 비판의식으로 변화되어 비극적인 사회구조를 설명하고 있다.

박태원 소설 세계의 이러한 변모 양상은 박태원 개인의 문학적 특질을 넘어서, 1930년대 한국 모더니즘 소설의 특성과 밀접한 관련성을 맺고 있기 때문에 일종의 일반성으로 이해되어야 한다. 박태원 소설 변모 양상의 본질은, 모더니즘 소설 창작 단계에서 우세하던 주관적 내면 세계가 현저히 축소되고 객관적 현실 세계에 대한 비판적 안목으로 나아갔다는 것이다.

「애욕」역시 박태원이 이상의 애정행각을 소재로 하여 쓴 소설이다. 이는 박태원의 「이상의 비련」이라는 글에서 확인할 수 있다.

마르고 키 큰 몸에 어지러운 머리터럭과 面毛를 게을리 한 얼굴에 잡초와 같이 무성한 수염이며, 심심하면 손을 들어 맹렬한 형세로 코털을 뽑는 버릇에 이르기까지, 「愛慾」속의 하웅은 현실의 이상을 그대로 방불케하는 것이었다.

(……)

죽은 벗의 비밀을 이야기하려다, 내 자신의 구악이 드러나는 것은 나로서 매우 처지가 거북한 노릇이지만, 진실을 위하여서는 또한 어찌 하는 수가 없을 것이다.

그 당시 나와 이상은 서로 전후하여 각기 한 개씩의 조그만 로맨스를 가졌었다.

이상의 情人이 어느 카페의 여급이라는 것과, 나의 상대가 모 지방 명사(?)의 딸이었다는 그만한 차이는 있었으나, 둘이 모두 작품 속의 소녀나 한가지로 상당히 방종성을 띠고 있다는 점에 있어, 서로 일치되었다.

이상과 나는, 당시에 있어 서로, 겨묻은 개였고, 동시에 서로 똥 묻은 개였다.[34]

위 인용에서 알 수 있듯, 박태원은 이상과 그 자신의 로맨스를 소재로 하여, 소설 속 주인공 '하웅'을 이상의 모습으로, 그리고 그 친구 소설가 구보를 자신의 모습으로 내세운 것이다. 그러나 이러한 관계는 서로 역전되기도 하였던 것으로 여겨진다. 「애욕」의 내용을 간추리면 다음과 같다.

제1절: 미술가 하웅과 그의 애인이 그녀의 하숙집 앞거리에서 헤어지려는데 소설가 구보가 나타난다.

제2절: 소설가 구보가 하웅을 찾아와 그 여자를 경계하라고 충고하나 하웅은 듣지 않는다.

제3절: 찻집에서 부랑 남자들과 여자들이 어울려 하웅을 비웃는데 구보가 엿듣게 된다.

제4절: 하웅이 시골 여자에게 결혼 승낙 편지를 쓰고 애인에게 절교를 선언하려는데 그녀로부터 전화가 와서 외출한

다. 구보는 하웅을 배반한 여자가 다른 남자와 함께 걸어가는 모습을 보고 침을 뱉는다.

제5절: 하웅은 애인을 기다리며 그녀의 남성편력에 괴로워한다.

제6절: 하웅을 배반하고 떠났던 여자가 돌아와 행패를 부리고 돌아간 뒤 하웅은 눈물을 흘린다.

제7절: 하웅의 애인이 하웅이 없다고 믿고 그의 다방에서 여러 남자들에게 전화를 거는데 하웅은 이것을 엿듣고 얼굴이 창백하게 변한다.

제8절: 시골로 낙향할 짐을 꾸리는데 여자로부터 편지가 온다. 하웅은 이를 읽고 고민하다가 결국 여자를 만나러 달려 나간다.

「애욕」에 등장하는 구보는 「소설가 구보씨의 일일」에서와는 달리 확실한 방향 감각을 지니고 있다. 그의 방향 감각은 주로 생활의 가치를 옹호하는 데서 발휘된다. 이 점은 구보와 친구 관계로 설정된 인물인 하웅에 대한 충고를 통해 드러난다. 그는 하웅의 연애 감정을 예술가적 자의식의 발로로 용납하지 않는다. 구보의 의식을 지배하는 것은 생활세계의 논리이다. 이는 산책자 성격의 쇠퇴라 할 수 있다.[35]

하웅에게는 고향 시골에 어머니, 그리고 그와 정혼한 여자가 있다. 하웅은 정혼한 여자를 사랑하지 않는다. 다만 정혼한 의리 때문에 시골로 돌아가야 한다고 생각한다. 하웅은 도시에서 두 명의 다른 여자와 관계를 맺는다. 한 여자는 하웅과 동거하면서 하웅이 운영하는 찻집의 마담을 맡았던 인물인데 그 여자는 하웅을 배반한다. 하웅이 이 배반에 충격을 받아 시골로 내려가리라고 결심했을 때 또 한 명의 여자가 하웅 앞에 나타난다. 하웅은 그녀에게 병적으로 매달리지만 그녀는 하웅을 농락의 대상으로 여기고 있다. 사태가 이렇게 되자 하웅은 '결혼'과 '사랑' 사이에서 방황한다. 하웅이 방향 감각을 상실한 모습은 구보의 태도와 대조된다. 구보는 하웅에게 시골로 내려가 정혼한 여자와 결혼할 것을 강권한다.

하웅이 방향감각을 상실한 인물로 비치는 이유는 그가 정확한 가치정향[36]을 지니고 있지 않기 때문이다. 하웅의 세계는 모자 관계, 연인 관계, 그리고 화가의 삶으로 구성되어 있다. 화가라는 예술가의 삶은 도시성을 띠고 있다. 그에 비해 모자 관계는 시골과 연결되어 있다. 도시성과 연결되는 예술가의 삶은 여자를 향한 욕망과 연결된다. 그 사랑은 생활의 덕목을 확보하는 것이 아니라 감정의 충실도를 앞세우는 만큼 정상적인 생활을 보장해주지 못한다. 하웅 또한 사랑의 감정에 따른 충동적인 행동은 결코 행복을 가져다주지 못하리라는 것을 알고 있다. 그러면서도 그는 감정의 움직임에 충실하려 한다. 도시의 여자는 하웅의 의식에 분열을 일으킬 뿐이다.[37)

여자에게 배반당하거나 농락당하는 것은 근대 도시세계의 부박한 세태를 보여주는 것이다. 그때마다 하웅은 자기를 기다리고 있는 처녀를 생각하고 그곳으로 돌아가리라고 생각한다. 이런 처녀가 기다리고 있는 시골은 하웅이 모자 관계와 연인 관계를 유지할 수 있는 곳이다. 그런데 이 관계의 보장은 하웅이 그의 감정을 압살해야만 이루어지는 것이다. 그러나 하웅은 어찌할 수 없이 자신의 감정에 이끌려가는 인물로 나타난다.

「애욕」에서는 근대적 자아에 작용하는 세계의 이중성이 문제가 된다. 그 자아에게 외부세계는 각각 다른 가치규범으로 작용한다. 시골 세계는 진정성의 가치가 보존되어 있는 곳으로 설정된다. 하웅이 그 세계와 만나기 위해서는 감정을 압살하고 가족에 대한 의무를 이행해야만 한다. 자아가 그 규범을 따르면 그는 안주할 수 있다. 도시세계는 가능성의 공간이면서 동시에 파멸의 공간이다. 여자에 대한 충동은 그 가능성의 표지이다. 그러나 충동에 이끌리는 삶이기에 그만큼 불안정하다. 「애욕」에서 이 두 가치를 지향하는 매개는 여자가 담당한다.[38)

구보는 하웅의 이러한 태도에 대해 부정적이며 또한 친구로서 만류한다. 구보가 보기에 하웅은 도시 세계의 불량성의 중심에 서 있다. 하웅의 행위는 하웅이 화가라는 점에서 보면 예술가적 자의식과 연계될 수도 있다. 그러나 구보는 이 점에 대해 회의하는 모습을 보인다.

　「애욕」의 여자 주인공은 남성을 유혹하거나 비웃고 배신하는 여성이다.[39] 그녀는 "눈이 맑고 깨끗한 여자"이면서 동시에 "천박한 여자"라는 양가성을 보인다. 그러나 "눈이 맑고 깨끗한 여자"란 사랑에 빠진 하웅의 눈에 비친 그녀의 모습이며, 실상의 그녀의 모습은 소설가 구보가 서술하듯 천박한 여자이다. 이러한 천박한 여자, 그리고 그녀와 동류인 불량 처녀·청년은 구보가 보기에 하웅 및 구보와 같은 예술가적 자의식을 조롱하는 자들로 나타난다.

　　"너 왜 모르니? 마로니에 주인 말이야. 그 시어빠진 외지쪽 같은 얼굴에다 걸레쪽 같은 양복을 입구, 밑바닥커녕은 옆구리가 이렇게 미여진 구두를 신구… 왜 그자 몰라?"
　　"몰라, 어디 그 집이 잘 가야지. 이름은 뭣이게?"
　　"하웅이라 보지, 아마?"
　　"아웅?"
　　"야−웅이란다."

또들 경박하게 웃었다.

(……)

극장 가까운 찻집 한구석에 교양 없는 네 명의 사나이와 허영만을 가진 두 명의 계집과 주고받는 천박한 수작이다.

"참 그건 그렇거니와 그자가 그림은 그릴 줄 안다데 그려."

"아부라에를? 친구 미술가로군그래."

"그러면 제가 얼마나 그릴라구. 그렇찮어 기창이."

(……)

"그게 왠 작자야?"

"무어 소설 쓰는 사람이라지 아마. 구포라든가?"

"흥, 그 양반도 예술가로군그래. 미술가, 소설가. 흥"[40]

여자 주인공과 어울려 다니는 부류인 이들은 일단 하웅의 외모부터 조롱하기 시작한다. 덥수룩한 그의 머리를 "산상초인"(山上草人)이라 조롱하며 얼굴을 "시어빠진 외지쪽", 그가 입는 양복을 "걸레쪽", 신발은 "옆구리가 미어진 구두"라고 조롱한다. 여기서 묘사된 하웅의 외모는 확실히 이상의 모습을 떠올리게 한다. 그들은 하웅의 외모뿐만 아니라 그의 예술가적 자질까지도 조롱한다. 그리고 하웅뿐만 아니라 구보까지도 조롱한다.

하웅이란 이름을 "아옹"이나 "야옹"이라고 고쳐 부르거나 "구보"라는 호를 "구포"라고 부르는 행위는 바로 구보가 천박한 이들이라고 여기는 이들로부터 예술가의 자의식을 지닌 소설가나 미술가들이 조롱받는 모습을 극명하게 나타내고 있다. 이렇듯 「애욕」의 여자 주인공은 단순히 부정한 여자의 모습만 나타내는 것이 아니라 구보나 하웅의 예술가 의식을 조롱하는 천박한 인물의 전형으로 나타나고 있는 것이다.

일제강점기와 해방공간

1940년을 전후하여 박태원의 소설은 일정한 변모의 양상을 보인다. 이러한 변화는 그 당시의 전반적인 사회 · 정치 상황의 변화에 조응하면서 이루어졌다. 이 시기는 역사적으로 일제 군국주의 체제의 말기에 해당한다. 1931년 만주사변에서 본격적인 대륙침략의 발판을 마련한 일제는 이후 1937년의 중일전쟁, 1941년 태평양전쟁으로 이어지는 침략전쟁을 확대시켜나갔으며, 그 과정에서 군국주의 체제의 말기적 증상을 노골적으로 드러냈다.

식민지 조선에서 전시체제하의 군국주의의 횡포는 모든 분야에 구조적 규정력으로 작용하게 되었다. 당시 일제의 문화정책은 모든 문화적 생산물들을 그들의 침략전쟁에 직접 간접으로 도움이 되도록 유도하는 것이 핵심이었다. 그리하여 일제의 군국주의 체제를 승인하는 이외의 다른 일체의 글쓰기 행위는 허용되지 않았다. 그 이전에 어느 정도 허용되었던 야유나 풍자 등의 간접화법을 통한 담론적 접근조차도 철저히 봉쇄되었다.

객관적 정세의 암전(暗轉)으로 인한 문화적 불모 상황의 식민지 조선에서 글쓰기 행위를 계속하고자 마음먹은 작가들에게 허용된 문자 행위의 선택은 제한적일 수밖에 없었다. 어떤 형식의 문자 행위이든 기본적으로 일제 군국주의 체제의 승인을 전제로 한 것이어야만 했으며, 그것을 전제하지 않는 것은 불법으로 탄압의 대상이었다.

이는 두 가지 차원에서 진행되었다. 하나는 적극적 차원에서였고, 다른 하나는 소극적 차원에서였다. 적극적 차원에서의 승인은 자기 검열을 통해 그 당시 일제의 군국주의 침략전쟁을 노골적으로 미화하거나 찬양하는 작품들이었다. 소극적 차원에서의 승인 또한 자기 검열을 통해 일제의 군국주의 침략정책에 내한 문학직 대응력을 기세힌 채 순전한 문학주의의 틀 속에 갇히는 일이었다. 정도의 차이는 있으나 양자 모두 일제의 군국주의 체제를 승인함으로써 일제 식민통치의 도구로 전락하고 말았다는 점에서 동일했다.

원고료에 의지해 어렵게 생활을 유지해나가던 박태원 역시 '조선문인협회'에 가입하는 것을 시작으로 군국주의 체제의 이데올로기에 순응하게 된다. '조선문인협회'는 이후 '조선문인보국회'로 이름을 바꾸어 발전하는데, 박태원은 이 단체의 활동을 통해 대동아전쟁을 지지하는 글들을 발표한다. 또한 통속적인 연애 내용을 담은 글들을 발표함으로써 역사의식의 한계를 보이기도 한다.

이 시기의 작품들은 『천변풍경』을 정점으로 한 일련의 세태반영류 소설들에서 나름대로 확보해나가던 현실과의 서사적 긴장을 완전히 상실하고 '생활의 방편'으로 전락하고 말았다. 이는 애정 갈등과 흥미 본위의 통속소설로 나타났다. 박태원은 '자화상' 연작을 통해 소시민적 가장으로서 경제적 부담을 호소하기 몇 년 전부터 돈을 벌기 위해 신문 연재소설을 써왔다.

대표적인 작품으로 『明朗한 展望』[41], 『愚氓』[42], 『女人盛裝』[43] 등이 있다. 『명랑한 전망』과 『여인성장』은 삼각 관계의 애정 문제로 고민하고 갈등하는 통속적인 연애담이고, 『우맹』은 당대의 엽기적인 실제사건이었던 백백교 사건을 바탕으로 살인·강도·성폭행 등을 폭로·고발한 소설이다.

소설의 통속화와 『명랑한 전망』

남녀간의 사랑을 다룬 소설을 모두 '통속적'이라고 보는 것은 문제가 있다. 그러나 박태원이 1940년을 전후하여 신문에 연재한 『명랑한 전망』, 『여인성장』, 『우맹』 등을 '통속적인 연애담'이라고 하는 데는 그만한 이유가 있다. 이 시기에 발표된 통속적인 연애담들은 연애소설의 본질이 추구하는 애정 갈등을 통하여 인간 존재의 근원적인 성찰과 기존 사회에 새로운 가치관을 제시해주기보다 남·녀 간의 애정 관계를 도식화함으로써 그 행위를 단지 호기심 차원에서 표현하는 데 머물렀기 때문이다.

이 시기의 통속적인 연애담에는 삼각관계의 애정 문제로 고민하는 인물들이 서사 행위의 주체나 초점인물로 등장한다. 이 인물들은 그러한 측면에 전일적으로 지배되어 그 이외의 다른 문제에 대한 인식지평은 철저히 차단된다. 주인공의 주변 인물들 또한 감각적인 쾌락과 향락적인 삶을 추구하는 데만 배타적인 관심을 보일 뿐이다. 그 이외의 다른 문제들에 대해서는 진지한 반성적 접근을 보이지 않는다.[44] 또한 사회사적 문제 제기나 도덕적 일탈 행위에 대한 반론은 소설 내에서 철저히 차단되어 있다. 그래서 이 시기 박태원의 연애소설은 현실에 대한 비판적인 식견을 상실한 채 통속적 흥미에 동화되어 서술되고 있는 것이다.

1938년 4월 5일부터 5월 21까지 『매일신보』에 연재된 『명랑한 전망』은 자유분방한 여주인공 혜경과 혜경의 약혼자인 희재의 애정 성취를 둘러싼 시련과 갈등을 주된 내용으로 담고 있다. 이들은 약혼한 사이지만, 혜경은 자유연애를 신봉

하고 또 적극적으로 실천하는 개방적인 여자이다. 도덕과 윤리를 초월한 자유로운 애정 행각을 즐기는 혜경의 자유분방한 행위가『명랑한 전망』의 서사적 얼개이다.

이 소설은 혜경의 자유분방함이 야기하는 갈등과 결혼의 장애요인이 작품의 순차적 질서를 형성한다. 우선 줄거리를 살펴보면, 혜경은 희재의 약혼녀로서 부유한 집 딸이며 흡연과 자유연애를 즐기는 여자이다. 그녀는 희재와 만나기로 약속한 날 아무런 연락 없이 김영호라는 플레이보이와 함께 온천으로 여행을 떠난다. 뒤늦게 이 사실을 알게 된 희재는 충격과 분노로 파혼을 선언하고 절망에 빠진다.

실연으로 좌절에 빠진 희재는 과음을 하게 되고, 만취한 상태에서 평소 자신을 연모하던 카페 여급 애자와 정사를 벌인다. 애자가 임신을 하자, 희재는 도덕적 책임감과 현실적 타산 사이에서 갈등하다가 부모에게 알리지도 않고 애자와 동거 생활에 들어간다. 혜경 또한 희재의 동거 생활에 대한 반사적 대응으로 김영호와 결혼을 한다. 그러나 김영호가 시골에 처자가 있다는 사실이 밝혀지자 혜경은 곧 이혼을 하게 된다.

주위의 모멸과 냉대 속에서도 경자라는 딸까지 낳고 행복하게 지내던 희재와 애자에게 현실적인 시련들이 연쇄적으로 발생한다. 희재의 실직이 첫 번째 시련으로 닥친다. 희재는 퇴직금으로 궁핍한 생활을 하면서 여러 번 취직을 하려고 하나 번번이 실패한다. 경제적 어려움을 해결하기 위해 애자는 다시 카페 여급으로 나가게 되고, 이로 인해 희재는 사실상 가장으로서의 존재의미를 잃게 된다. 또한 두 사람의 동거생활 사실을 우연히 알게 된 희재 아버지의 상경은 두 사람의 애정 유지를 불가능하게 만든다.

아버지의 상경으로 희재의 위기감은 고조되는데 희재 아버지와 혜경 아버지의 밀약으로 소설은 새로운 국면을 맞이한다. 희재 아버지는 혜경의 아버지를 만나 희재의 취직을 부탁한다. 혜경의 아버지는 희재의 취직을 쾌히 승낙하는 동시에 애자와의 동거 생활을 청산할 비용까지 제공한다. 희재는 아버지의 도움으로 애자에게 자신의 딸인 '경자의 한 평생 생활을 보장할 정도'의 위자료를 주고 동거 생활을 끝낸다. 그리고 희재는 자유로운 삶을 살고 있던 이혼녀 혜경과 재결합하여 경제적이며 사회적인 상승을 보장받게 된다.

『명랑한 전망』은 약혼-파혼-결혼의 과정에 이르게 되는 혜경과 희재의 감각적이고 쾌락적인 애정 행각에 대한 이야기이다. 통속 애정소설이 대부분 그러하듯이 이 소설 역시 흥미 위주의 '사랑놀음'이 의도적인 구조로 설정되어 있다. 남녀간의 애정과 욕망을 다룬다고 하여 모두 통속소설은 아니지만 소설이 애정의 갈등을 통하여 인간 존재와 정신의 참다운 가치를 묻고, 나아가서는 한 사회의 새로운 윤리관의 창출 여부를 진지하게 모색하는 본도를 일탈하여, 애정 성취에 따르는 시련과 갈등 자체에만 매달리게 되면[45] 통속소설로 전락한다.

우선 혜경의 개방적인 남성 편력이 소유로서의 성(性), 위안으로서의 성, 욕망으로서의 성이라는 남성 중심적 성관념에 대한 거부와 인간성 해방이라는 본질적인 문제를 탐색한 것이 아니라는 점이다. 혜경의 자유연애는 다분히 감각적이고 쾌락적이다. 따라서 그녀의 행위에는 필연성이 결여되어 있다. 우연의 잦은 개입 역시 통속소설의 중요한 특성인데, 혜경뿐만 아니라 『명랑한 전망』의 등장인물들의 행동은 필연성이 아닌 우연의 연속으로 이루어진다.

사건 전개의 중요한 핵인 혜경의 온천행은 우연의 산물이다. 이미 약혼자가 있는 혜경이 약혼자와 만나기로 한 날 아무런 연락도 없이 다른 남자와 온천으로 여행을 간다는 사실은 쉽게 납득할 수 없는 일이다. 뿐만 아니라 희재와 애자의 한 번의 정사가 임신으로 이어지고, 소설의 중요한 전환점을 이루는 희재 아버지와 혜경 아버지의 만남 역시 우연하게 이루어지고 있다. 이런 우연의 점철은 소설에서 개연성과 현실성의 결핍을 초래하고 긴밀한 인과관계라는 면에서 치명적인 약점을 드러낸다. 희재가 애자와 결별하고 혜경과 다시

결합하는 과정에서도 심각한 고민이나 갈등이 제기되지 않는다.[46]

희재와 혜경의 재결합 과정은 동기가 불순한 만큼 그 진행 과정은 더욱 불순할뿐더러 통속성의 극치를 보여준다. 희재를 순정으로 대하는 애자와 그 딸을 떼어놓는 수단으로 사용되는 것은 희재 아버지의 낡은 권위와 혜경 아버지의 약간의 돈이다. 희재가 이러한 결과에 어렵지 않게 승복하는 것도 혜경 아버지의 돈의 위력 때문이다. 작가는 이러한 과정을 비판적 매개과정을 거치지 않은 채 즉물적으로 드러내고 있다. 곧 박태원이 『명랑한 전망』에 끌어들인 이야기나 사건은 부정적인 현실과의 동일화를 통해 그것의 부정성을 드러내지 못하고 있을뿐더러 지극히 부정적인 속물적 현실에 통합되어 있는 상태다. 문제는 그럼에도 이와 같은 통속소설이 씌어지는 것에 별다른 회의를 보여주지 않는다는 사실에 있다.

　　철수는 집을 떠나 신계사에 있은 지 달반 동안에 마침내 『명랑한 전망』을 완성하였다. 勞作후의 결코 불쾌치 않은 피로를 안고 그가 경성역에 내린 것은 십일월 초순──역두에는 어머니와 명숙이가 마중을 나와 있었다.[47]

그는 그의 또 다른 통속소설인 『여인성장』을 빌어 『명랑한 전망』의 탈고를 '노작'(勞作)이라 자칭하고 있으며 그 사실을 공공연히 드러내기까지 한다.

　　이 땅에서 글을 써 가지고 살림을 차려본다는 것은 거의, 절망에 가까운 일이 아닐 수 없건만, 그러나 나에게는 글을 쓴다는 밖에 아무 다른 재주도 방도도 없었으므로, 아내의 눈에도, 딱하게, 민망하게, 또 가엾기까지 보이도록, 나는 나의 힘이 미치는 데까지, 밤낮으로 붓을 달렸다. 내가 다달이 벌어들인 돈은, 예전 같으면 우리 살림에 쓰고도 남을 만한 것이었으나 애꾸에게 이자를 치르기 위하여서는, 그것이 오히려, 부족한 금액이라 알 때, 나보다도 아내가 먼저, 그리고 좀더, 풀이 죽었다.[48]

　　박태원이 '자화상 제3화'라고 명명한 「채가」를 통해 보면, "밤낮으로 붓을 달린" 결과로 나온 작품들 가운데 하나가 통속소설이며, 통속소설에 밤낮으로 매달릴 수밖에 없는 까닭은 집을 짓느라 무리하게 빌어다 쓴 돈의 이자를 치르기 위해서다. 시급한 생계수단도 아닌 빚을 갚기 위해 씌어지는 소설이란, 곧 「채가」 첫머리에서 보듯 "낡은 문자를 바로 새롭게 가슴속에 느껴보면서" 신수풀이를 하는 것으로 시작할 만큼이나 안이한 상태에서 씌어진 것이다. 곧 현실에 대한 서사적 긴장감을 상실한 상태에서 밤낮으로 붓을 달려 나온 결과물이 『여인성장』이다.

앞으로 살펴보겠지만 김철수가 『여인성장』에서 벌여놓은 이야기와 사건 역시 통속소설의 범주를 벗어나지 못한다. 은사의 딸인 순영을 돌보아주는 과정에서 순영과의 구설수에 휘말리다가 결과적으로 순영에게 마음의 상처를 주는가 하면, 연인관계에 있던 이숙자가 최상호의 간계에 빠져 어쩔 수 없이 결혼해버린 사실을 알고 고민하는 와중에, 숙자의 시누이 뻘이자 최상호의 누이인 숙경과의 관계에서 우유부단한 행동을 취하는 철수의 모습이란, 이를테면 『명랑한 전망』을 노작이라 칭하는 작가의 분신이다. 따라서 결국은 재력가의 딸이면서 미모를 겸비한 숙경과 약혼하는 철수의 현실타협적인 선택은 작가의 선택이기도 한 것이다.

철수가 현실과 쉽사리 타협하는 것만큼이나 그를 둘러싼 주변인물도 손쉽게 현실에 안주하거나 순응하는데, 이것은 곧 작가의식의 훼손을 의미한다. 작가의식이 훼손된 상태는 사건을 서술하는 외적 형식에 대한 배려는 간 데 없고 내적 형식마저도 우연성과 피상성에 물들어 있는 것과 연관되어 있다. 『명랑한 전망』과 『여인성장』에서 보이는 통속성이 이를 잘 말해준다. 결국 기법의 와해를 수반한 이 소설들의 통속성과 『명랑한 전망』의 허상은 파시즘적 식민지 상황 속에서 독자들의 현실감각을 흐리게 함으로써 자신들의 고통스러운 식민지 현실을 망각하게 하거나 현실도피의 수단이 되게 한다. 그리하여 세계와 인간에 대한 정직한 대응을 불가능하게 하는 것이다.

친일문학의 이면 「아세아의 여명」

일제의 침략을 찬양하고 그 침략자의 역사와 전쟁도발을 미화했던 문학을 우리는 통틀어 친일문학이라고 부른다.[49] 중·일 전쟁을 전후하면서 싹트기 시작한 전쟁문학, 그 후의 애국문학 그리고 1940년대 전반의 국민문학 등 일련의 문학 활동 및 문학 작품은 정도의 차이가 있을지언정 모두 일본 군국주의를 선양하고 추종하는 범죄 문학이었다.

한국문학사에 있어 1940년대 전반을 암흑기(暗黑期)라 부르는 것이 일반화되어 있는데, 이를 처음 문학사에 쓴 사람은 백철이다. 1940년 2월에 창씨제도(創氏制度)를 시행했고, 1940년 8월 『조선일보』와 『동아일보』를 폐간시켰고, 1941년 4월에는 유일한 문예지인 『文章』과 『人文評論』을 폐간시켰으며 『인문평론』의 후신으로 『國民文學』을 내세워 거의 일본어문(日本語文)으로 글을 쓰게 하였다.[50] 이에 대해 백철은 그의 『조선신문학사조사』에서 다음과 같이 서술하고 있다.

情勢가 이러한 대목에 이르면 벌써 조선문학을 운운할 시기는 아니던 것이다. 과연 그 뒤에 나온 『國民文學』誌에도 어느 동안까지 조선어의 작품이 실리긴 했으나 소위 작품이 내용을 떠나서 형식만이 존재할 수 없다면 이때의 작품이란 직접 일본 전쟁 협력을 위한 것이 아니면, 검열이 통과되지 않은 시대에 있어 그 내용이 조선어 작품이란 벌써 진정한 조선문학과는 거리가 멀은 것이었다. 그리하여 1941년 말부터 1945년까지의 약 5년간은 조선 신문학사 상에 있어서 수치에 찬 암흑기요, 문학사적으로는 백지로 돌려야할 블랭크의 시대였던 것이다.[51]

암흑기라는 용어는 이때의 문학사를 허무주의적으로, 비판적으로 바라보게 할뿐더러 문학사에 대한 실체적 접근을 가로막는 것이 아닌가 하는 문제의식[52]이 제기되어왔으나, 질식 상태에 놓인 당대의 평가로 일정 정도 타당성을 담보하고 있다 하겠다.

친일문학 연구의 효시이자 고전이 된 임종국의 『친일문학론』(평화출판사, 1966)에서는 친일 행위에 대해서 단체 활동과 개인 활동으로 나눠 접근한 뒤 부록으로 관계작품 연보와 인명 해설을 싣고 있는데, 친일 작품을 쓴 문인 목록만도 120여 명에 이르고 있다. 임헌영에 의하면 해방 전후 한국

문인이 100명이었던 사실로 미뤄보면 거의 100퍼센트에 육박한다고 볼 수 있다. 이러한 문단 내적 상황을 고려해볼 때, 친일이라는 행위 여부만을 기계적으로 따져서 단죄하려는 풍토는 흑백논리에 가까운 단순논리일 뿐 그 이상의 의미는 지닐 수 없다.

박태원 역시 친일이라는 굴레로부터 자유롭지 못했다. 박태원의 문학에 지대한 영향을 준 이광수 그리고 막역한 사이였던 이태준마저 친일적 내용의 글을 발표했다. 친일문학「亞細亞의 黎明」이 바로 그것이다. 그러나 이 작품은 아세아의 제민족은 일본을 중심으로 뭉쳐야 한다는 일제의 대동아공영권을 표면주제로 삼고 있지만, 작품을 정치하게 읽어나가면 전쟁의 종결과 민족자결, 평화의 열망을 이면 주제로 담고 있음을 확인할 수 있다.

「아세아의 여명」의 무대는 중국이다. 중일전쟁 중인 중국 장개석 정부의 부주석 왕조명은 일본과의 화평(和平)만이 조국을 살릴 수 있는 유일한 길이라 믿는 인물이다. 왕조명은 국민당 정부의 항전(抗戰)파에 강렬하게 반발하며 일본과의 화평을 주장하지만 이는 받아들여지지 않는다. 화평파로 낙인찍힌 왕조명은 더 이상 장개석을 설득시킬 수 없음을 깨닫고 중경을 탈출, 제3의 통로로 화평론을 관철시킬 결심을 한다. 왕조명 일행은 자신들을 제거할지도 모르는 항전파

의 감시망을 피해 중경을 탈출, 하노이에 숨어 지내며 일본
과의 강화를 지지하는 성명을 발표한다.

장개석 정부는 이들의 화평운동을 저지하기 위해 특무공
작대를 파견하여 이들의 생명을 위협하지만, 동지들의 희생
에 의해 왕조명은 건재한다는 줄거리이다. 그러나 이야기의
전개는 장개석 정부와의 대결을 전면적으로 다루고 있다기
보다, 항전파들이 거점을 마련하고 있는 중경을 벗어나기 위
한 왕조명 일행의 숨막히는 탈출 과정과 그 과정에서 왕조명
을 돕는 우국지사들의 충정 어린 희생 이야기가 주요한 흐름
으로 등장하고 있다.

「아세아의 여명」은 중일전쟁을 배경으로 하고 있지만, 전
쟁당사자국 중국과 일본의 대립에 초점을 맞추고 있지는 않
다. 소설의 전개는 일본이 생략된 채, 중국 내 항전파와 화평
파의 대립을 기반으로 화평파의 활약상을 중점적으로 그리
고 있다. 주인공인 왕조명은 일본과의 화평을 주장하지만 그
근거가 강력한 일본의 우세함에 있는 것이 아니다. 왕조명은
전쟁의 방법이 아닌 평화적인 방법만이 난국에 처한 조국을
구할 수 있는 유일한 길이라고 믿는 인물인 것이다. 이와 대
비해서 장개석 정부의 항전파는 대의명분만을 앞세워 전쟁을
지지하고 화평파를 제거하기 위해 잔인무도한 특무공작대를
파견할 만큼 도덕적 정당성을 상실한 무리들로 그려진다.

그러나 이렇게 단순한 선악 대결 구도의 이야기는 세태소설로 유명한 『천변풍경』을 쓴 박태원의 소설이라 하기에는 부족함이 많다. 「소설가 구보씨의 일일」의 탁월한 심리묘사의 재능을, 「아세아의 여명」에서는 왕조명을 위시한 화평파의 묘사에서 미약하나마 발견할 수 있다. 선악 대결 구도의 이야기가 갖는 단순함을 보완하기 위해 「아세아의 여명」에서는 속도감 있는 이야기의 전개와 함께 등장인물들의 내면적 갈등을 보여주는 심리묘사들이 군데군데 보인다. 그 중에서 장개석 정부의 특무공작대 출신으로 자신의 임무에 회의를 느끼고 왕조명을 돕기 위해 정보를 제공하는 정묵촌의 인물 형상화는 잔잔한 감동을 자아낸다. 또 왕조명을 대신해 죽음을 맞는 증중명의 의연한 태도는 장엄한 비장미와 함께 하나의 연상 작용을 불러일으킨다. 그것은 독립을 쟁취하기 위해 일제에 항거하고 있는 독립투사들의 음영이다.

박태원은 소설의 시간적·공간적 배경을 일제 말기 식민지 현실에서 분리시킴으로써 일정 부분 역사적 현실로부터 자유로울 수 있는 심리적 거리감을 확보하였다. 일본의 대동아공영권에 동조하는 표면적 주제를 거스르지 않고 전쟁의 종결과 민족 자결의 열망이라는 이면의 주제를 표출하기 위해 제3국인 중국을 소설의 배경으로 설정한 것이다. 이는 폭압적인 정치현실을 담아내기 위해 작가들이 유구한 역사의 무대로 눈을 돌리는 것과 같은 맥락이라고 평가할 수 있다.

이광수는 중편소설 「그들의 사랑」의 끝부분에서 주인공의 입을 빌어 다음과 같이 말한다. "나는 첫째로 일본이 내 조국인 것을 깨달았오. 나는 지금까지 두 마음을 가지고 살아오던 생활을 청산하고 오직 한 마음으로 일본을 위하여서 충성을 다하기로 결심하였오." 그리하여 그는 광주학생사건이 조선 청년 전체에게 큰 불행을 입힌 만행이라 비판한다. 일본제국주의의 황도신학을 미화했던 최남선은 「아세아의 해방」이라는 수필에서 일본을 조국으로 알고 대동아전쟁이라는 세계사적 범죄를 가리켜 일본의 아세아 민족의 해방이라느니 세계의 개조라느니 하고 우겨대는 반민족적 · 반역사적인 패륜아로 전락하고 만다.[53]

일제 식민지 치하에서 우리 문인들은 이광수와 최남선의 경우처럼 극단적인 경우는 아니지만, 민족독립의 사명감에 불탄 극히 소수의 시인 · 작가를 빼고는 반민족적 글을 쓴 뼈아픈 시련의 시기를 거쳐왔다. 물론 역사에서 공백기는 있을 수 없다. 시대적 성격 자체가 폭압적인 암흑기였기에, 당시의 문학은 한국문학이라 규정할 수 없다는 비판적인 논리는 역사 기술에 그다지 도움이 되지 않는다. 친일문학의 평가는 면밀한 자료 검토와 분석을 기반으로 내려져야 할 것이며, 문학사의 올바른 복원을 위해서도 친일문학을 둘러싼 연구

방법론이 모색되어야 할 것이다.

해방 직전 번역소설의 의의

박태원은 아직 본격적인 소설가로 나서기 이전 여러 장르에 걸쳐 습작을 발표했다. 그때 소설 형식을 빌려 처음 발표한 작품이 야담 계열인 「해하의 일야」(1929. 12, 초패왕 항우와 우미인에 관한 역사를 이야기 형식으로 푼 것)이다. 이를 통해 박태원이 처음부터 역사소설에 관심을 가졌던 것을 알 수 있다. 물론 그 이후 박태원은 1930년대에 이르러 소설 창작에 집중하는데, 그 경향은 「소설가 구보씨의 일일」처럼 도시에 사는 인물들의 피로한 내면심리를 섬세하게 묘사하는 데로부터 『천변풍경』으로 대표되는 도시 서민의 세태풍속의 묘사로 변화해갔다.

그러다가 일제 군국주의의 탄압과 검열이 심해지면서 1940년대 초부터 해방되기 이전까지 『신역삼국지』(1941. 5~)나 『수호전』(1942. 8~1944. 12), 『서유기』(1944. 12) 등의 중국소설을 번역하는 데 힘을 쏟았다.[54] 바로 이 시기에 쎄어진 중국 번역소설과 역사소설에 대한 해명이 박태원 문학의 전개 과정과 변모를 해명하는 데 징검다리 역할을 하기 때문에, 그 변화의 구체적 양상과 계기를 살펴보기 위해서는 먼저 그의 번역소설이 지니는 의미를 조명해볼 필요가 있다.

그의 번역작업의 의미를 처음으로 주목한 김윤식은 "중국 소설에의 편향성이 일변도이자 전면적이라는 데 그 특징이 있다"고 평가하고 있다.[55] 그것이 친일문학으로 나아가지 않으면서 '글쓰기'를 계속하려는 하나의 방책이었던 까닭에, 번역일은 곧 '글쓰기 연습'이고 또 '새로운 방법의 터득'이기도 했다는 것이다. 이로써 "카프 작가나 모더니즘 작가를 통틀어 오직 박태원만이 자기의 문학적 삶 전체를 들어 역사소설에로 달려갔다"는 것이다.

반면 이상경은 그의 중국 역사소설 번역이 친일소설을 쓰지 않기 위한 단순한 도피책이 아니었다고 해명하고 있다.[56] 이 시기에 그가 「아세아의 여명」(『조광』 1941. 2), 『군국의 어머니』(조광사, 1942) 등의 친일 소설을 쓰고 있다는 사실과 더불어, 일제말 총독부 기관지 『매일신보』에 마지막으로 연재한 소설 「원구」(1945. 5. 18~8. 14)가 일본이 원의 군대를 물리친 사건을 그리려다가 해방으로 인해 중단된 점을 논의의 근거로 들고 있다. 요컨대 고전번역의 의의를 단순한 도피책이 아닌 역사소설의 창작연습으로 본다는 것이다. 번역이 역사소설을 창작하기 위한 연습의 장이 되고 있다는 점에서는 김윤식의 논의와 크게 다르지 않다.

한편 일제 말 박태원의 중국 소설 번역은 한글을 지키려

한 무사상적 글쓰기라는 점에서 긍정점을 지니지만, 대동아
공영권의 사상과 관련된 상황적 선택이라는 점에서 다른 작
가들의 통속소설 및 역사소설로의 행보와 마찬가지로 친일
로 갈 수밖에 없는 부정적인 면을 갖는다는 견해도 있다. 박
태원의 번역 작업 동기에 대한 치밀한 논증에서 말미암는 이
미향의 결론은 박태원의 중국 소설 번역이란 결국 일본의 대
동아공영권 건설이라는 사상적 테두리 안에서 쓰여진 것에
불과하다는 것이다.[57]

이와 달리 박태원이 중국 역사소설 번역에 몰두한 사실을
그의 작가적 의식의 한 표현으로 보는 논의도 있다. 타의에
의해 붓을 놓지 않으면 안 되었던 상황에서도 줄기차게 나타
난 창작에의 집념이란 곧 작가적 의식의 표현의 다름 아니라
는 전제 아래 그의 역사소설의 의미를 추출하고 있는 김종욱
의 논의가 그것이다.[58]

이렇게 보면 박태원의 번역 작업에 대한 해명은 더욱 간단
해지지 않는다. 그의 번역 작업에 대한 논자들의 시각적 스
펙트럼이 다양하다는 것은, 그 일의 동기나 궁극적 의의가
그만큼 달리 해명될 수 있는 것이기 때문이다. 따라서 이 문
제의 해명은 연구자들의 논의가 상충되고 있는 지점에서부
터 해결해나가는 것이 타당할 것이다. 논자들의 의견이 크게
상충되는 문제점은 두 가지로 추출된다. 그 하나는 그의 번

역 작업을 친일문학으로부터의 탈출구로 볼 수 있느냐의 문제이고, 다른 하나는 그의 번역 작업이 역사소설로 나아가기 위한 당위적 방편 정도에서 그치느냐, 아니면 그 자체를 작가적 의식의 표현으로 평가할 수 있느냐의 문제이다.

박태원에게 번역 작업은 낯설지 않은 것이다. 일본 유학시절 서구문학에 심취·경도되어 서구문학 번역에 주력한 적이 있기 때문이다.[59] 영어에 남다른 자신이 있는 영문학도였던 그가 문학수업 시절 서구소설을 번역한 작업이 이후 그의 문학 활동에 직접적인 영향을 끼친다는 것은 그의 소설 작품에서 확인되는 사실이다. 여기서 주목할 점은 그가 일제 말기에 다시 번역 작업을 택했을 때는 서구문학보다 중국 고전문학에 관심을 두었다는 사실이다. 그의 번역 작업과 중국 고전문학과의 상관관계를 놓고 먼저 주목한 사실은, 외적인 상황 곧 일제 말기에 박태원이 처한 극한 시대적 상황이다. 박대원이 중국 고전소실을 번역하기 시삭한 1938년은 중일전쟁이 발발한 다음해로 대동아공영권이 시작되던 시기이다.[60]

대동아공영권은 서구 열강의 침탈과 억압에서 벗어나 일본을 중심으로 아시아의 신체제를 건설하자는 것으로 서구 문화에 대해 매우 배타적이었다. 이 시기의 모든 잡지가 중국 특집을 만들어 중국의 풍속과 문화에 대해 다루거나 중일전쟁의 소식을 전할 정도였다. 이러한 시대적 분위기 속에서 박태원이 택한 문학행위는 『명랑한 전망』 같은 통속소설을 쓰는 한편, 명대의 소설집인 『전등여화』 등에 실린 단편소설을 번역하는 것으로 나타난다.[61] 그의 중국고전소설에 대한 관심이 외압에 강요된 점이 없지 않겠지만 상당한 부분이 자발적으로 이루어진 것으로 볼 수 있는 이유는, 그의 번역 작업이 1941년 태평양전쟁이 발발하던 무렵에 집중적으로 이루어진다는 사실에 있다.[62]

이 시기에 박태원은 자화상 연작을 내놓고 있었다. 그 연작을 통해 박태원이 토로한 "일찍이, 나의 일생을 걸려 하였던 문학에, 정열을 상실하고 있은 지가 오랜" 상태에서, 또한 "도무지 쓸 것이 없는" 상태에서, 그리고 "한갓 생활의 방편"을 위해 지속시키기 위한 상태에서 쓸 수밖에 없는 것이 『여인성장』 등의 통속소설과 『수호전』 등을 번역한 것이었다. 그의 유년시절의 교육 경험과 고전소설에 대한 지대한 관심을 감안해도[63] 중국 역사소설의 번역을 작가의식의 표현으로 보기에는 부족한 점이 있다. 그의 번역작업이 친일소설 창작과 같은 지점에서 이루어지기 때문에 그것을 친일문학의 도피책으로 보는 것도 무리가 있다.

박태원이 일제 말기에 절필하지 않은 상태에서, 통속소설과 친일소설을 쓰는 한편으로 중국 고전소설을 번역한 주된 이유는, 자신이 일생을 걸려 하였던 문학에 정열을 상실한 상태에서 전업 작가로서 달리 "생활의 방편"을 구할 수 없었기 때문이다. 이는 해방기에 박태원이 부지런히 역사소설을 써나간 것 역시 호구지책과 무관하지 않았던 사정과 연관된다. 일제말 박태원의 번역 작업이 역사소설로 전개된다는 사실을 근거로 그것이 역사소설을 쓰기 위한 연습의 의미를 지닌다는 해명이나, 문학수업기 시절의 번역의 경우처럼 향후의 창작을 위한 또 하나의 모색기라는 의미를 지닌다는 평가[64]는, 그러므로 귀납적인 것이다.

박태원이 번역에 주력한 동기와 의미를『수호전』이 지니고 있는 독특한 성격을 통해 추출해내는 논의도 있다. 일제 말기 조선어말살정책이 자행되고 대부분의 문인들이 신체제 편입을 택하지 않을 수 없었던 암울한 상황에서 박태원이 선택한『수호전』의 번역이란 시대적 상황과 개인적 문학경험으로만 소급해볼 수 없는 성격을 지니고 있다는 논의가 그것이다.[65] 이는 박태원이『삼국지』나『서유기』를 택하지 않고『수호전』을 택한 사실과 무관하지 않은 것으로, 곧『수호전』의 구성상의 특성을 주목한 데서 나온 것이다. 부패한 송대의 현실에서 출구를 찾지 못해 방황하는 각기 다른 영웅들의 이야기가 장을 달리하여 전개되는 구성방식은『천변풍경』에서 익히 보아온 것이다.

『수호전』의 중심을 이루는 플롯은 영웅들이 관의 부당한

처사로 인해 평범하게 살아갈 수 없게 된 상황에서 양산박으로 잠입해 들어가기까지의 과정이 된다.[66] '양산박대취의'라고 일컬어지는, 이백여 명이 넘는 영웅들이 양산박이라는 목적지로 집결되기까지의 과정은, 각각의 장마다에서 어느 정도 완결된 무용담 내지는 영웅담의 형식을 취하고 있다. 이로 인해 장의 분절에 따른 각 서사 단락은 독립적으로 유지되며 그 결과 『수호전』은 삽화 모음 구성이라는 특성을 띠게 된다.

  『천변풍경』이 '천변'이라는 단일한 공간을 중심으로 다양한 인물들의 삶이 펼쳐지듯, 『수호전』은 '양산박'을 구심점으로 각기 다른 영웅들의 이야기가 모아지고 펼쳐진다. 『천변풍경』과 유사한 구성방식이 해방 후 이어지는 박태원의 역사소설에도 지속적으로 나타나고 있을뿐더러, 중요한 특색을 이룬다는 사실을 감안하면, 『수호전』의 번역이 작가의식의 표현이라는 해석은 큰 무리가 없다. 『수호전』이 영웅적 인물들의 영웅적 행위를 그리는 모험소설의 형태를 취함으로써 박태원 소설세계에 중대한 변화를 초래하게 된다는 논의도 같은 맥락 아래 있다.[67]

  그러나 『수호전』에 대한 이러한 평가가 그의 번역소설의 의미로 이어지지는 않는다. "『삼국지』를 번역하고자 하나 이 작품이 사실에만 치중하여 소설로서의 구성과 창조적인 부분을 경솔히 다룸으로써 예술적 가치가 희소하여 1회로 중단하고, 예술성이 뛰어난 『수호지』를 심혈을 기울여 번역한다"[68]는 변은 언뜻 『수호전』의 예술성이 번역을 택하게 한것으로 이해될 수 있다. 그러나 문제는 『수호전』의 번역이예술성 때문에 취해진 것이 아니라, 번역을 택할 수밖에 없는 상황에서 택한 것이 『수호전』이라는 사실이다. 『수호전』의번역이 1942년부터 1944년까지 3년여에 걸쳐 이루어진 것도작품성 때문에 오랜 기간 유지된 것이라기보다 그것으로 생계 대책이 마련됨으로써 취해진 것으로 볼 수 있다.

따라서 『수호전』의 특성이 이후 박태원의 역사소설에서연계되어 나타나는 것 역시 번역 작업의 결과적인 의미가 된다. 박태원의 중국 역사소설 번역 작업은 그의 문학 행위의전제이자 과정인 기법에 대한 성찰이 고려될 여지나 여력조차 없는 상태에서 행해진 것이다. 그럼에도 그의 번역작업이의미 있다 하면 그것은 역사소설과의 연계성 때문으로 보아야 할 것이다. 해방 이후 박태원의 역사소설로의 변모는 무엇보다 중국 역사소설 번역과의 형식적 연계를 볼 때 당위적인 것으로 보인다. 『수호전』에서 고구를 비롯한 조정의 대신과 관리 등은 한결같이 부패하고 무능한 인물로 부각되고,그들의 정치적·경제적 압박과 박해를 견디지 못한 양산의영웅들이 나선다는 역사의식과 이분법은 그가 이후에 쓴 역사소설 중『홍길동전』(조선금융조합회, 1947)에서도 그대로 드러난다.

즉, 봉건적 질곡으로 인해 발생한 농민과 기타 피억압 계급의 봉기를 그리면서, 그 원인을 그리기 위해 봉건지배층을 부정적으로 형상화한 '관핍민반'의 도덕적 이분법이 여전히 유지되고 있는 것이다.[69] 결국 박태원이 해방 직후에 역사소설로 방향 전환을 한 것은, 해방 직후의 시대적 요인에 더해 일제 말을 친일문학 집필과 번역 작업으로 안이하게 보낸 것에 대한 자기비판, 해방 직후라는 현실을 포착할 수 없었던 점, 그리고 일제 말 번역한 중국 역사소설과의 형식적 특성이 유사하다는 내적인 요인에 의거한 행위인 것이기에 당위적일 수밖에 없다.

이로써 박태원의 중국 고전소설 번역과 관련한 시대적 상황성과 역사소설과의 상관성을 살펴보았다. 박태원이 중국 고전소설을 번역한 것에 대해 많은 논의가 있었지만, '생활의 방편'으로서 경제적인 목적으로 번역 작업을 해왔다는 것, 또한 대동아공영권이라는 시대적 상황을 무시할 수 없었기에 중국 고전소설을 중심으로 번역 작업을 할 수밖에 없었다는 것, 당시 작품 창작에 대한 열정이 없었다는 것과 한글 창작을 계속하기 위해 번역 작업을 해왔다는 것 등이 밝혀졌다. 이런 번역 작업은 이후 역사소설과의 형식적 연계성이 있지만, 사상적 기반은 전혀 다르다고 하겠다.

해방공간과 역사소설

박태원은 해방 직후 최초의 문단 조직인 '조선문학건설본부'의 소설부 중앙위원회 조직임원으로 선정된다. 조선문학건설본부에는 그 외에도 이태준·정지용·김기림·안희남·이원조 등 박태원과 절친했던 인물들이 대거 참여, 핵심적인 역할을 담당하게 된다. 이후 박태원은 조선문학건설본부와 '조선프롤레타리아문학동맹'을 통합하여 만든 '조선문학가동맹'에서도 중앙집행위원으로 선정된다. 다만 1946년 2월 8일에 열린 '전국문학자대회' 91명 참가 명단이나 2월 9일의 84명의 명단에 그의 이름이 빠져 있는 것[70]으로 보아 처음부터 그가 이 단체에 적극적으로 참여한 것은 아닌 것으로 보인다.[71]

해방 직후 박태원의 역사소설로의 변모는 예정된 것으로 볼 수 있다. 무엇보다 중국 역사소설 번역과의 형식적 연계를 볼 때 역사소설로의 방향 전환은 당위적인 것으로 보인다. 갑자기 찾아온 해방기라는 현실적 상황을 박태원이 이전의 문학적 형식으로 쉽사리 포착할 수 없었을 것이라는 데서도 그 요인을 찾을 수 있다. 친일문학 행위에 대한 자기 비판도 역사소설 선택과 무관하지 않다고 할 수 있다.[72]

이 시기(1945. 8. 15～1948. 8. 15)에 박태원이 발표한 소설로는 「한양성」(1945), 「약탈자」(1946), 「비령자」(1946), 「춘보」(1946), 「귀의 비극」(1948) 등이 있으며 단행본으로는 『朝鮮獨立列國烈士傳』(1946), 『홍길동전』(1947), 『李忠武公行錄』(1948) 등이 있다. 이 시기 작품목록은 박태원의 뚜렷한 이념 지향을 보여준다. 등장인물이 모두 혁명주의자(홍길동), 독립투사(김약산), 구국의 영웅(이순신) 혹은 원민적 민중(춘보)으로 일관되고 있으며, 작품 내용 또한 일제와 지배층에의 저항정신을 뚜렷이 드러내고 있다.[73]

제2차 전국문학자 대회가 무산되고 남한에서 좌익 활동이 불법화되자, 1946년 초에 이기영·이태준·이북명·임화 등이 월북하기 시작하여 1948년 5월 10일 남한 단독정부가 들어설 때까지 조선문학가동맹의 주도 세력들은 거의 월북하지만, 박태원은 그때까지도 서울에 남아 있었다. 그 후 1948년 5월 10일에 있은 남한 총선거로 단독정부가 수립되자 서울에 남아 있던 문학가동맹 소속 일부 문인들은 단체를 해산하고 전향을 선언하는데, 박태원 역시 김기림·정지용·설정식 등과 함께 보도연맹에 가담하여 그동안의 정치적 과오를 청산한다는 전향 성명서를 발표한다.[74]

「춘보」[75]는 대원군 시절의 경복궁 중수를 소재로 한 단편소설이다. 이 작품에서는 경복궁의 중수에 따라 고통받는 서민들의 모습과 당대 지배계층의 탐욕이 주로 제시되고 있다. 짐꾼인 춘보와 그의 가족이 겪는 궁핍한 삶의 양상이 경복궁 재건에 따른 고난과 맞물려 춘보 주변 인물이 신서방·맹서방·돌쇠할아버지 등과 함께 형상화되어 있다.[76] 「춘보」의 한 부분을 보면 다음과 같다.

"뭐라고? 이놈아!… 그래 내가 글른 소리를 했니? 난 바른 소리밖에 안했다! 운현대감이 아무리 상감님 아버지래두 잘못하는 거야 잘못헌다지 그럼 뭐래야 네 직성이 풀리겠니? 그걸 이눔아! 니가 중뿔나게 나설게 뭬 있느냐 그 말이다!"

눈을 딱! 부릅뜨고 소리를 고래고래 지르니까 '딱부리 눈'도 하 기가 차던지

"이 자식이 죽질 못해 몸살이 난 게야!"

하고 껄걸 웃으며 문득 옆을 놀아보고

"여보게 동관 그 자식 우는 소리 그만 듣구 어서 데리고 가세!"

한다. 그제야 춘보가 깨닫고 그편을 보니 곁에 포교 한 놈이 또 서있는데

이처럼 착취가 작심한 속에서도 서민들은 가정이나 친구

의 범주 안에서 현실을 비판하거나 한탄하고만 있을 뿐 새로운 도약을 위한 의지는 전혀 나타내지 못하고 있다. 따라서 극단적인 궁핍 속에서 살아가고 있는 서민들은 집권층의 탄압이 무서워 일부 사람들이 굶어죽었거나 자결했다는 소문이 나돌아도 현실에 대한 불만을 노골적으로 나타내지 못하고 있다. 이들과 대비되어 지배층은 자신들의 위엄을 높이기 위한 방편으로 경복궁의 중건을 시작하면서 서민들의 불만을 탄압으로 억누를 뿐 그들의 고통을 이해하려는 모습은 조금도 보여주지 않는다. 높아져만 가는 서민들의 불만을 누르고 비기를 이용해 그들의 행위를 하늘의 뜻처럼 속이려고 하는 모습은, 당시 지배계층의 생각과 의식을 상징적으로 드러낸다.

이 소설에 등장하는 춘보는 임신한 아내가 모시조개 넣은 냉이국 한번 먹고 싶다는 소원을 말하지만, "오늘은…", "내일은…" 하면서 풀어주지 못하는 비참한 신세이다. 이러한 인물을 등장시킴으로써 서민들의 극단적인 궁핍에 대한 묘사와 함께 지배계층의 안일과 착취 행위를 서로 대비시켜 묘사함으로써, 당대 사회의 문제를 주로 계층간의 갈등을 통해 형상화시키고 있다. 또한 이 소설의 제목을 「태평성대」로 바꾼 것에서도 이러한 사실을 확인할 수 있다. 결코 '태평성대'와는 거리가 먼 시대적 상황이기에 오히려 반어적인 효과를 얻을 수 있는 것이다.

춘보라는 민중은 아직은 현실순응형이고 모든 것을 자기 운명 탓으로 돌리는 체념주의적 인물이기는 하지만 역사적 수난을 반복하면서 홍길동 같은 발전적 인물을 낳게 하는 잠재적 가능성을 시사해주는 인물이다. 이 말은 단순히 춘보가 곧 점진적으로 홍길동과 같은 인물이 된다는 시간적 계기성을 말하는 것이 아니라 민중의 의식 속에서 현실적으로 극복해야 할 현실과 바람직한 미래상을 꿈꾼다는 의미로 춘보의 꿈의 의미를 전이시켜볼 수 있다는 뜻이다. 춘보가 바른말을 했다가 좌포청에 끌려가는 꿈을 통해 현실에서 억눌린 춘보의 내면의식이 그대로 폭로되고 있는 것이다.

이렇게 볼 때 꿈이 차지하는 서사적 비중은 매우 크다. 꿈은 민중들의 무의식 속에 내재된 현실에 대한 불만이 의식의 세계로 실현된 것을 의미하며, 동시에 민중들이 키워가는 새로운 세계에 대한 소망의 구체적 표현이다. 그렇다면 춘보의 꿈은 민중들의 의식 속에서 내밀한 농축 과정을 거치면서 역사적인 결정적 순간에 민중들의 꿈을 실현할 영웅을 낳고 결국 역사의 흐름을 크게 바꾸는 역사 발전의 원동력이 된다는 것을 의미한다.

따라서 이 소설은 '피지배층 : 지배층', '꿈 : 현실'이라는 이원적 대립 구도를 기본 축으로 하고 있다. 동시에 이 대립은 '피지배층 · 꿈 : 지배층 · 현실'이라는 통합 구도로 대응시킬 수 있다. 경복궁의 재건을 지배층의 현재 위상을 강화하려는 서사적 기능소로 본다면, 춘보의 꿈은 부조리한 현실의 모순을 극복하기 위한 상징적 의미를 지닌 것으로 볼 수 있다. 피지배층 위에 군림하는 지배층의 관심은 미래에도 현재와 같은 계층 구조가 고착되기를 바라는 것이고 이에 반해 피지배층은 자신들의 모순된 계층 구조가 무너지기를 바라는 것이다. 그렇다면 춘보가 꿈속에서 보여준 포교에 대한 항거는 피지배층의 구체적 행동이 내부의식 속에서 성장하고 있음을 보여주는 역사의식의 무의식적 표출이라고 보아야 한다.

따라서 춘보는 작가의 역사의식이 일정하게 투영된 인물이다. 춘보의 발화 내용은 개인적인 자기 판단의 몫도 있지만 당시의 춘보와 같은 민중들이 내면에 공유하고 있던 집단적 발화를 그의 입을 통해 '패러디적 양식화'의 수법으로 제시한 것이라고 할 수 있다. 역사적 사실을 반영한 작품의 경우에 등장인물의 발화가 보다 많은 사람들의 목소리를 대변할 수 있다는 것은 그만큼 작가의 의도가 성공한 결과라고 하겠다.

『임진왜란』[77)]은 임진왜란이 일어났던 당시의 역사적 자료를 중심으로 지배계층의 무능과 당파 싸움, 그리고 이를 이용한 왜인들의 활동을 그린 작품이다. 이 작품에서는 주로 그 당시의 임금이었던 선조대왕을 중심으로 집권자들의 타락과 무능을 구체적으로 역사적 자료를 나열하면서 제시하고 있다. 이 작품이 지배층의 무능함만 드러내는 꼴이 되었다는 비판을 받은 것은 당연한 일이었다. 단지 여기서 예외적인 것은 이순신의 경우이다. 그만은 성장과정과 영웅적 구국활동이 전면으로 부각되는데, 이런 점은 『임진왜란』의 의도가 암담한 현실을 제시하는 데 있었던 것이 아니라, 이순신이라는 영웅을 그리는 데 있었던 것임을 알려준다. 오히려 무능한 정부는 이순신의 영웅성을 강조하기 위해 쓰인 것이라 볼 수 있다. 그럼에도 이 작품은 기록이 전면에 나선 까닭에 소설적 형상화에는 미치지 못한다. 이순신 역시 기록에 의거한 영웅이지 박태원이 창조한 영웅은 아니었다.[78]

이 작품들은 역사소설이라는 특성으로 인하여 인칭과 시점, 양식에 있어서 삼인칭 외부시점, 화자-인물로 거의 고정되어 있다. 단, 해방 이후 남한에서 발표된 작품들 중 대표적이라 할 수 있는 『홍길동전』[79]에서는 주석적 서술이 주로 나타난다. 『홍길동전』은 해방이후 발표된 그의 작품 중에서 유일하게 완결된 장편소설로 식민지시대에 발표된 모더니즘 계열의 「소설가 구보씨의 일일」, 『천변풍경』 등의 작품과 월북 이후 발표된 역사소설 『계명산천은 밝아오느냐』와 『갑오농민전쟁』을 연결짓는 고리 역할을 하고 있기 때문에 대표적이라고 할 수 있다.

이 작품은 허균의 『홍길동전』을 패러디한 작품이다. 이렇게 말할 수 있는 것은 주인공과 기본적인 사건 줄거리의 동일성 때문이다. 두 소설은 모두 양반집 서자 출신의 홍길동을 주인공으로 삼아, 그가 자신의 신분 한계에 고민하다가 가출하고 이후 활빈당을 결성하여 탐관오리를 징치하는 등 인물의 성격과 사건의 설정에서 기본적으로는 동일한 모습을 띠고 있다.

이 작품에서 서술자는 삼인칭 전지적 서술을 하고 있다. 따라서 이 작가 주석적 서술은 이 작품이 드러내고자 하는 의미를 구체적으로 제시하는 기능을 한다. 작가적 서술 상황으로 되어 있는 이 작품의 곳곳에서 제시된 작가 주석적 서술은 허균의 소설에 나오는 비사실적인 요소들을 모두 제거하고 리얼리티를 살릴 수 있는 여러 삽화를 설정하는 과정에서 주로 나타나고 있다.

또한 이 작품이 허균의 소설과 가장 큰 차이를 보이는 부분은 주인공인 홍길동의 인물 특성과 상황 설정이다. 홍길동은 허균의 작품에서처럼 초인적·영웅적인 모습으로 나타나지 않는다. 그저 철저하게 우리와 같은 일반 자연인으로 제시되고 있다. 그는 평범한 우리보다 무예와 용맹이 약간 더

할 뿐이다. 따라서 그도 우리와 똑같은 어려움에 처하고 좌절을 겪는다. 단지 그가 우리와 다른 점은 단순히 자신에게 닥친 불행과 그로 인한 좌절을 강인하게 극복하고, 자신의 울분을 해소하는 데에만 치중하는 것이 아니라 동시대의 탄압받는 다른 이들의 고통을 해소시켜주기 위해 일정하게 노력하고 있다는 것이다.

이 작품에서 홍길동은 철저하게 발전적인 인물형으로 묘사되고 있다. 적서차별의 시대적 제약으로 인한 개인적 울분에 빠져 있던 홍길동은 '무령군의 아들 조소→음전이의 죽음→조생원과의 만남→이름 없는 백성에 의한 연산 퇴위를 위한 의병 궐기 촉구 격문' 등 일련의 사건을 거치면서 이에 대응하여 '가출→도피→도적떼 괴수→활빈당활동→폭군 퇴위 운동' 등 일련의 행동을 보이게 된다.

이를 통해 홍길동은 점차 동시대 일반 백성의 소망을 실현하는 당대의 진위적 인물이 된다. 이처럼 작가는 홍길동의 의식과 행동 변화를 통해서 한 개인의 개인적인 불평등에 대한 인식이 활동 영역이 넓어져감에 따라 차츰 서민층의 불평등에 대한 인식으로 발전하다가 사회적인 불평등의 인식에까지 이르는 것으로 그리고 있다. 결국 계층간의 불평등에 대한 인식에서 사회구조적인 문제인식으로의 변모는 새로운 질서의 추구로 이어지게 된다.

여기서 중요한 점은 홍길동을 근본적으로 초월적 영웅이 아니라, 그 시대 백성들의 보편적인 원망을 담지한 전위적 인물로서 형상화시키고 있다는 점이다. 즉, 이 모든 과정이 홍길동의 독자적 판단이 아니라 당시 백성들의 요구를 능동적으로 수용하려고 한 데서 이루어지고 있는 것으로 작가가 그리고 있거나 주석적 서술을 통해 강조하고 있다는 점이다.

또한 이 작품은 시대적인 배경을 허균의 『홍길동전』이 '화설 조선국 세종조 시절에'라고 하여 세종대왕 시절로 잡고 있는 데 비해, 연산군이 집권하던 시절로 설정하였다. 이로써 당대 사회의 부패와 타락 양상을 구체적으로 제시할 수 있고, 직접적으로 왕과 관리들을 비판하면서 고통받는 백성들의 입장을 대변할 수 있게 된다. 그리고 홍길동 일파의 행위도 정당한 행위로 나타나게 된다.

이 작품의 주제를 살펴보면, 대략 다음의 세 가지 정도로 정리할 수 있다. 첫째는 리얼리티의 구현이다. 유자광 아들과의 활쏘기 시합을 통해 홍길동이 뛰어난 인물임을 알려 그의 가출에 대한 리얼리티를 부각시킨 점, 일반 민중으로서 조생원과 음전이를 제시하여 홍길동의 행동에 일반 백성의 보편적 정서를 담고 있다는 점, 지배계급으로부터 도적떼라고 하여 거사를 도모하는 데 동참할 것을 거부당하는 점 등을 통해 허균의 소설과는 달리 리얼리티가 부각되고 있다.

둘째는 계급의식의 제시이다. 이 작품의 등장인물들은 지배계급과 피지배계급으로 뚜렷하게 나누어지고 이들은 철저하게 이분법적으로 대립되어 있으며, 지배계층을 악과 타락의 상징으로 제시함으로써 피지배계층의 입장을 대변하려고 한다. 셋째로 역사적 정당성과 합리성을 강조하고 있다는 점이다. 각지의 도적들이 홍길동이 만든 활빈당을 이해하고 도와주는 모습을 그림으로써 그 시대, 다른 지역의 도적들도 역사적 정당성을 인정받을 수 있음을 보여주는 것이다.[80]

월북과 역사소설 창작

박태원은 전쟁 중에 서울을 찾아온 이태준·안희남·오장환 등을 따라 월북했으며, 그의 월북 동기는 인적 친분 관계에 따른 것으로 알려져 있다. 한편 정현숙은 그의 월북동기를 다음의 세 가지가 복합 작용한 것으로 보고 있다.

첫째, 해방 직후 분단 상황의 특수성에 근거한 것으로 조선문학가동맹의 문인들 상당수가 월북한 것과 또한 상허 이태준과의 관계에 주목하여 그와의 긴밀한 인간적 교분 관계에 영향을 받았다는 점이다.

둘째, 박태원 개인의 가족 관계에 근거한 것으로 그의 남동생인 문원과 여동생인 경원은 일찍부터 좌익활동에 적극적으로 가담하였으며, 전쟁을 전후로 하여 큰형인 진원만을 남겨두고 모두 월북하게 되는데 이러한 가족사가 그의 월북에도 일정 정도의 영향을 미쳤으리라는 것이다.

셋째, 그의 문학적 행적과 관련된 것으로써 그의 월북은 문학에 대한 좌절과 새로운 방향으로의 모색을 위한 길이었다는 것이다. 즉 당대 현실 상황의 악화는 문학 자체만을 창조하는 창작 태도에 회의를 초래했고 그의 이러한 생각은 이후 작품세계에 영향을 미쳤을 뿐만 아니라 월북 동기로도 작용하였을 것으로 추측해볼 수 있다.[81]

월북 후 박태원은 종군기자로 잠시 활동하다가 전쟁이 끝나자 문인활동을 재개하게 된다. 그는 이태준의 후원으로 '국립고전예술극장'의 전속 작가로 선임되어 창극 대본을 쓰기도 했으며, 평양전문대학 교수로 재직하면서 조운(曹雲)과 함께 『조선창극집』(1955)을 출간했다. 1956년에는 정인택의 미망인 권영희와 재혼하게 된다. 이때의 그의 작품들로는 『조선창극집』 이외에 『리순신장군전』(1952), 『리순신장군이야기』(1955) 등이 있다.

하지만 그의 이러한 월북 활동도 1956년 이태순·임화 등 주변 인물들이 남로당 일파로 몰려 숙청되자 위기를 맞게 되는데, 다행히 그는 함경도 벽지 학교의 교장으로 좌천되어 작품활동을 금지 당하는 비교적 가벼운 징계를 받는 데 그친다. 1958년에 『심청전』을 발표하고 1959년에 『삼국지연의』를 발표한 것으로 미루어보아 그의 작품 활동 금지 기간은 그리 길지 않았던 것으로 보인다.[82]

이 기간 동안 박태원은 함경도 곳곳을 탐사하면서 자료를 수집하고 작품을 구상했던 것으로 알려져 있다. 특히 그는 민중들의 혁명적 삶을 그리겠다는 야심으로 모두 16부로 된 역사소설을 구상하고, 거기에 필요한 자료의 수집과 탐사에 몰두했다. 또한 그는 『갑오농민전쟁』의 배경이 되는 전라도 일대를 숙지하기 위해서 지도책을 펼쳐놓고 일일이 자로 재면서 거리와 지명을 확인하기도 했다고 한다.[83] 이때 씌여진 그의 작품으로는 『임진조국전쟁』(1960), 『남조선 인민들의 비참한 생활 형편』(1960) 등이 있다.

　이후 박태원은 1963년과 1964년에 '혁명적 대창작 그루빠'의 통제 아래 역사소설 『계명산천은 밝아오느냐』 1, 2를 발표하는데 이 작품은 『갑오농민전쟁』의 전작에 해당하는 작품이라 할 수 있다. 『계명산천은 밝아오느냐』는 발표 시 '갑오농민전쟁 전편'이라는 부제를 달고 있어, 박태원이 갑오년에 일어난 동학혁명의 전 과정을 소재로 한 작품을 쓰려고 했음을 알 수 있다. 결국 이러한 그의 의도는 23년 후에 삼부작인 『갑오농민전쟁』으로 완결되고 있다.[84]

　『계명산천은 밝아오느냐』는 발표당시 상당한 고평을 받은 것으로 나타난다. 북한에서의 『계명산천은 밝아오느냐』에 대한 찬사는 이 소설의 주제나 내용에 대한 것에 머물러 있지 않다. '역사소설의 언어 형상과 작가의 개성'[85], '생동한 개성, 서사시적 생활 화폭의 묘사'[86]), '혁명적 대작에서 작가의 창작적 개성과 예술적 기교'[87]라는 논제에서 보듯, 이 소설에 대한 호응은 박태원의 남다른 기법과 긴밀한 관계를 맺고 있으며, 바로 이러한 점이 『계명산천은 밝아오느냐』의 주요 특성을 이루고 있다.[88]

박태원은 1952년 중반부터 1961년까지 작품을 쓰지 않았다. 단지 조운과 함께 각색한 『조선창극집』을 냈을 뿐이다. 그 중간의 사정은 북한의 종파주의·수정주의 숙청과 관련하여 자유롭게 글을 쓸 처지가 못 되었으리라는 짐작을 할 수 있을 뿐이다. 1961년 5월의 「로동당 시대의 작가로서」[89]는 새롭게 작품 활동을 하겠다고 다짐하는 글로써 이를 통해 박태원은 『계명산천은 밝아오느냐』를 쓰겠다는 결심을 밝히고 있다. 이후 1965년까지 이 작품의 창작에 힘썼으나 다시 그의 활동은 중단된다. 건강이 좋지 않은 탓이라고 알려져 있으나, 1966~67년 사이의 북한 사회의 변화 또한 중요한 이유일 것이다.

『계명산천은 밝아오느냐』가 발표된 뒤 1965년 11월 10일 김일성 종합대학 어문학부에서 가진 독후감상토론회에서의 발언[90]으로 미루어보아, 박태원은 '갑오농민전쟁'이라는 큰 제목으로 3부작 16권의 소설을 쓸 구상을 했고 그것의 제1부의 제목이 '계명산천은 밝아오느냐'인 것이며 제2부는

'밤은 더욱 깊어만 간다'이고, 제3부는 '보국안민의 기치 아래'이다.

『계명산천은 밝아오느냐』가 발표되었을 때 평론가와 독자의 반응은 매우 좋았다. 그러나 박태원의 건강 악화와 북한 사회의 변화로 계속 발표되지 못했고 15년이 지난 후에 다시 박태원은 시대를 건너 뛰어『갑오농민전쟁』의 집필을 시작했다. 그래서『갑오농민전쟁』은『계명산천은 밝아오느냐』에서 인물과 사건을 연속하여 쓰면서도 30년의 공백을 간단한 서술로 요약한 채 별개의 작품으로 구성되었다.[91]

1963년 소위 '혁명적 대창작 그루빠'의 지도 아래 쓰여졌다는『계명산천은 밝아오느냐』는 북한 역사소설의 효시로 꼽히기도 하는 2부작 장편소설로『갑오농민전쟁』의 전편에 해당된다.[92]

『계명산천은 밝아오느냐』는 우리 근대 민중운동사의 서막에 해당하는 1862년의 농민항쟁(임술민란) 시기를 역사적 배경으로 한 작품이다. 그중에서 특히 1862년 3월 27일 익산 지방에서 일어난 익산민란을 중심적으로 형상화하였다. 1861년 초부터 시작하여 봉건군주의 무능함과 세도정치의 폐해, 탐관오리의 발호, 지주 및 세도가의 횡포를 꼼꼼하게 그리는 한편, 그에 맞서 일어선 농민들의 삶과 투쟁을 박태원 특유의 언어 구사와 묘사력으로 빼어나게 형상한 역사소설의 수작으로 평가되고 있다.

이 소설은 크게 이생원이 달천 강변에서 피 묻은 돌을 주워가지고 왕에게 찾아가는 장면, 왕실 내부 장면, 익산민란 수창자 10명을 효수하는 장면, 오수동이 충청도 땅으로 피해가는 장면으로 구성되어 있다.

임진왜란 당시 의병장의 후손인 충청도 보은의 양반 이생원은 아들이 천주학 관련으로 유배상태가 된 이후 실성한 늙은이다. 이 늙은이는 달천 강변에서 옛날 의병들의 피 묻은 돌을 찾아 임금에게 가서 외적에게 나라가 또 침략당하기 전에 나라를 제대로 다스릴 것을 상소하고자 한다. 이생원은 서울에 당도하여 어가 행렬에 뛰어들어 상소하려다가 돌로 임금을 시해하려 했다는 죄목으로 재판을 받게 되는데 철종임금이 친국을 한다. 철종은 처음에는 이생원의 충정을 알고 그를 방면하려 하나 주위 신하들의 뜻에 눌려 사형 명령을 내린다. 그 과정에 지방 토호에게 억울하게 죽은 조만준의 삽화와 삼남 지방 민란의 분위기 및 그 민란을 대하는 왕과 조정 대신들의 행태가 묘사된다.

조정 대신들의 압박 속에 왕은 익산 민란 수창자들을 동정하는 마음에서 증오하는 마음으로 바뀌어 효수 명령을 내렸고 전주성에서 효수가 행해진다. 전주성에서의 효수 장면은 『계명산천은 밝아오느냐』의 중심 삽화로서 분량이 매우 많고 인상적인 장면이다. 거기서 효수당한 오덕순의 아들 오수동은 몸을 피했다가 나중에 효수 소식을 듣고 밤에 몰래 형장에 들어가 아버지의 시체를 빼내오는 담이 큰 청년으로 이 작품의 주인공이다. 오수동은 소설 중간쯤에서야 등장하고 이생원이나 왕과 직접적인 관계로 얽혀 있는 것은 아니다. 자칫 작품이 파편화되고 산만해질 우려가 있는 구성이지만, 작가는 개인들의 운명을 결정하는 시대와 역사를 꼼꼼히 그려냄으로써 역사 속에서 그들의 운명이 마주치는 과정을 보여주고 있다.

박태원은 소설에서 역사적 사건을 연대기적으로 따라가지 않는다. 인상적인 장면들을 섬세하게 그리면서 그 장면이 있게 된 개인적·사회적 원인들을 함께 보여준다. 충주 이생원이 상경하여 왕의 어가를 향해 피 묻은 돌을 던지기까지의, 숨막히는 서울 거리의 묘사는 서울 출신이자 서울 구석구석을 잘 아는 박태원의 모더니즘 기법으로서의 「소설가 구보씨의 일일」을 그대로 역사 무대에 재현한 것에 다름 아니다.[93]

이후에도 계속 박태원은 서울 거리의 묘사에서 빛나는 묘사력을 발휘하고 있다. 『천변풍경』의 작가로서의 면모를 유감없이 보여주는 것이다. 그러면서도 단순한 세태 묘사에 그치지 않고, 이생원의 안위를 염려하는 너더리 주막주인 박첨지의 시각에서 어가 장면을 묘사하여 긴박감과 더불어 반민

중성을 폭로하고 있다.[94])

한편 『계명산천은 밝아오느냐』는 민란의 역사적 과정보다는 익산 민란의 주모자들에 대한 효수 장면을 매우 강조한다. '16. 형장에 모인 사람들'에서부터 '22. 오늘 해는 이렇게 저물었지만'까지 무려 일곱 항에 걸쳐, 분노와 울분을 삼키며 형집행을 지켜보는 민중들, 형장 주위에 팽만한 저항감에 주눅이 든 봉건 관료들, 민란 중에 받은 수모를 보상받으려다가 더 큰 봉변을 당하는 토호 송생원, 담양 박참봉으로 변장하고 나온 지명수배자 정한순 그리고 전창혁이 여덟 살된 그의 아들 전봉준을 데리고 나와 이 역사적 현장을 지켜보고 있는 것에 대한 묘사가 매우 선동적으로 그려진다.

이 자리에서 익산 민란의 주창자인 임치수의 최후의 진술을 통해 봉건 지배체제의 구조적인 모순에 대한 본질적인 변혁이 아니라, 분산 고립된 민중 봉기에 그치고 만 임술농민항쟁의 한계가 지적되고, 민란이 확대 조직되어 보다 근본적인 혁명으로 나아갈 것을 천명한다. 또한 효수당하기 직전 오덕순은 아들 오수동을 향해 잡히지 말고 투쟁하여 아비와 '상놈'들의 원수를 갚아달라는 유언을 한다. 그들이 비장한 최후가 남겨진 세대들의 투쟁의지에 견인차 역할을 한다. 이 자리에서 역사적 교훈을 뼈아프게 새긴 전봉준·정한순·칠성이 그리고 오수동이 32년 뒤 갑오농민전쟁의 핵심세력이 된다. 이 장면은『갑오농민전쟁』에서도 작중인물의 회상에 의해 다시 한 번 환기됨으로써, 임술농민항쟁과 갑오농민전쟁의 연계성을 강조하기도 한다.[95]

또한 전주성의 효수 장면은 인물을 개성화시키는 방법으로 박태원이 택한 내면 묘사와 시대의 분위기를 전하는 세태 묘사의 절정이라 할 수 있다. 전주 감영에서 익산민란의 주동자를 효수하는 대목의 묘사는 이 소설의 압권이면서『계명산천은 밝아오느냐』와『갑오농민전쟁』두 소설 전체를 꿰뚫고 있는 주제를 내포한 장면이다.

형을 집행하기 위해 억지로 위엄을 부리고 나와 앉았으나 형장 주위에 몰려든 농민들의 기세에 눌려 초조해지는 봉건관료들과 민란 중에 당한 수모에 대한 분풀이를 즐기려 형장에 구경 나왔다가 조롱거리가 되는 토호를 한편으로 하고, 함께 익산민란에 가담했다 풀려나와 통분해하는 농민들과 민란에 직접 가담하지는 않았지만 자신들의 삶의 조건으로부터 터져 나오는 울분과 한을, 그리고 분노를 두 눈에 가득 담고 형의 집행을 지켜보는 봉건 말기의 민중들이 한편이 되어 형장을 둘러싸고 있다. 그 속에 끌려나온 '죄인'들은 너무나 당당하고 그들이 최후로 하는 말은 거기에 모인 사람들 모두를 압도한다.

1965년 이후 박태원의 건강은 극도로 악화되어 눈이 실명

되고 고혈압으로 인해 전신불수(1975)가 되는 불행을 겪게 된다. 그런 와중에도 작품창작 열의는 계속되어, 대하 역사 소설『갑오농민전쟁』을 1977년(1부), 1986년(2부), 1986년 (3부)에 각각 집필·출간한다.

분단 상황에 이르러서 북한으로 넘어가 사회주의 리얼리즘을 지향한 그가 생애의 마지막 단계에서 남긴『갑오농민 전쟁』(1977~86)은 우선 표면적으로 볼 때, 그 이전 작품들의 문학적 경향과는 동일한 제작자의 문학으로 볼 수 없을 만큼 판이하다. 1980년대에 들어와 월북 작가의 해금에 따라 월북 작가의 작품에 대한 새로운 평가를 내린 글에서 이재선[96]은 박태원의 월북 이후 작품 중에서『갑오농민전쟁』의 문학적 특질과 그 의미를 밝히고 있다. 그는 이 작품이 역사의 형성력으로서의 민중 역량의 결집을 형상화하고 있다는 점에 주목하면서, 동학의 민중적인 각성이나, 사회적인 저항운동, 그리고 외세로부터의 자주의식을 프롤레타리아 혁명과 노동 계층의 계급 투쟁 및 주체적 반제국주의로서 받아들임으로써 과거의 역사적 사실을 계급주의 세계관의 틀에 짜 맞춘 것이라고 그 한계를 지적했다.

김윤식[97]은『갑오농민전쟁』이 월북 이전의 미완성 장편소설『群像』과 월북 이후에 쓴 장편소설『계명산천은 밝아오느냐』[98]의 연장선상에서 제작된 것이라고 보고, 이 작품을 그 두 작품과의 관련성 속에서 해석하고 있다.『갑오농민전쟁』은 계급주의 사상에 입각해서 쓴 것이지만 이 작품에는 모더니즘 문학의 잔재도 부분적으로 산재해 있다는 것이다.

동학봉기를 다룬 장편 역사소설『갑오농민전쟁』은 부패하고 무능한 봉건지배층과 외세에 맞섰던 인민들의 면면한 항쟁의 역사를 다루었다. 전라도 고부지방 농민들의 봉기를 도화선으로 폭발한 갑오농민전쟁은 부패무능한 봉건 통치배들의 매국매족 행위로 비록 실패하였지만 일제 침략자들과 봉건적 통치체제에 심대한 타격을 주었으며, 애국정신과 투쟁기개를 남김없이 시위한 것으로 의의를 가진다. 이러한 점에서 박춘명[99]은「지난날의 계급투쟁에 대한 생생한 화폭─장편소설『갑오농민전쟁』(제1부)를 읽고」에서 "근로자들에게 계급 투쟁의 력사를 똑똑히 인식시키고 계급의식을 높이는 데 기여하는 훌륭한 작품"이라고 김일성의 교시를 들어가며 찬사를 아끼지 않았다.

한편『갑오농민전쟁』은 박태원이 월북한 뒤 북한 나름의 독특한 사회주의 리얼리즘의 세계관을 본격적으로 표방하고 있다는 점과 그의 마지막 작품이라는 점에서 주목된다.『계명산천은 밝아오느냐』는『갑오농민전쟁』의 전편에 해당하는 작품으로『갑오농민전쟁』과의 연관성을 더듬어볼 필요가 있다.

1963년 '혁명적 대창작 그루빠'의 지도 아래[100] 창작되어 발표된 북한 최초의 역사소설이며 『갑오농민전쟁』의 전편(前篇)인 『계명산천은 밝아오느냐』는 발표 당시 '갑오농민전쟁'이라는 부제(副題)를 달고 있어, 박태원이 갑오년에 일어난 동학혁명의 전 과정을 소재로 한 작품을 쓰려고 했음을 알 수 있다. 이러한 그의 의도는 23년 후에 3부작인 『갑오농민전쟁』으로 완결되고 있다. 이 두 작품은 『계명산천은 밝아오느냐』의 내용이 『갑오농민전쟁』의 제1부 '칼노래'에서 다시 취급되고 있으며, 『계명산천은 밝아오느냐』에서 활동이 미비했던 인물들이 『갑오농민전쟁』에서는 그 활동이 구체적으로 드러난다는 점에서 서로간의 관계를 파악할 수 있다.

『갑오농민전쟁』의 배경과 구성방식

『갑오농민전쟁』은 1 · 2 · 3부로 나뉘어져 각각 8 · 11 · 22개의 총 41개의 장으로 이루어져 있다. 각 장은 또 다시 소제목을 단 작은 단락으로 구성되어 전체 116개에 이르는 개별적인 이야기로 짜여 있다.

사회주의 리얼리즘 작품에서 작가의 세계관 혹은 작가의 창작 방법론을 규정하는 체제의 이념적 지향성은 "공산주의적으로 교양하는 생동한 모범"[101]을 보여주는 주인공의 전형을 창조하는 것과 계급간의 투쟁을 통해서 갈등을 형상화[102]

하는 것이다. 『갑오농민전쟁』은 오상민이라는 전형적인 인물의 제시와 지배계급과 피지배계급의 대립이라는 전형적인 상황을 통해서 바로 이점을 충실히 반영하고 있다. 즉, 작가는 당대 시대변혁의 유일하고 주된 세력으로 농민을 설정하고, 오상민을 이들이 전형적인 인물로 등장시켜 그의 행위를 통해 바람직한 공산주의 인간형을 제시하고 있는 것이다. 이 작품을 서술 상황의 측면에서 간단히 살펴보면 작가적 서술 상황으로 이루어져 있으며 삼인칭 외부시점으로 되어 있다. 양식은 화자-인물이 중심을 이루고 서술자아가 두드러지게 나타나고 있다.

『갑오농민전쟁』은 낭만주의 역사소설과 사실주의적 역사소설로 나누어지는[103] 우리나라 역사소설의 유형에서 본다면 사실주의적 역사소설에 해당한다. 그러나 이 작품을 다른 사실주의 역사소설과 비교해보면, 사회주의 이념이 작품에서 구체적으로 제시되고 있으므로 좀더 세분화시킨다면 사회주의 역사소설에 해당된다.

1977년 4월에 발간된 이 작품의 제1부는 동학농민전쟁 발발 2년 전인 1892년 겨울부터 시작하여, 고부민란이 일어난 1893년 겨울까지를 시대적 배경으로 삼고 있다. 여기에서는 당대 민중들이 참담한 생활과 지배계급의 가렴주구와 학정, 그리고 지배계급과 결탁하여 민중의 생활에 깊이 침투하여 착취하기 시작하는 외세의 실상을 형상화하고 있다. 이렇듯 『갑오농민전쟁』의 제1부는 전라도 고부군 양교리를 주요 배경으로 하여 주인공 오상민의 가족과 양교리 농민들의 궁핍한 삶의 모습을 그리면서, 이들의 곤궁한 삶과 착취당하는 모습을 통해 갑오농민전쟁을 초래하게 된 당대 사회구조를 구체적으로 드러내고 있다.

1980년 4월에 발간된 제2부는 고부민란이 보다 진전되어, 전국적으로 당대의 지배계급에게 착취당하고 있던 농민들이 단결하여 당대의 착취구조를 혁파(革破)하는 내용으로, 결국 농민군이 승리하여 전주성에 입성하는 장면으로 대단원을 맺고 있다. 제2부는 고부민란의 발발로부터 전주성에 입성까지라는 갑오농민전쟁의 가장 빛나는 약 3개월간의 시기를 다루고 있는데, 이 부분에서는 제1부에서 제시된 동시대의 사회구조와 이러한 시대의 가장 큰 피해자인 농민들간의 점증하는 갈등이 마침내 민란과 전쟁의 형식을 통해 폭발하게 되고, 이를 통해 변혁 세력의 중추인 농민들이 일정한 승리를 거두게 되는 과정을 그리고 있다.

1986년 12월에 발간된 제3부[104]는 당대 농민의 시대변혁운동이 실패를 보게 되는 제2차 동학농민전쟁기를 시대배경으로 하고 있다. 즉, 제1차 동학농민전쟁 이후 활발하게 전개되는 농민군의 활동과 이를 분쇄하기 위해 당시의 지배계급과 외세가 결탁하는 모습이 그려지고 있으며 1895년 말 동학농민전쟁의 주도자인 전봉준이 사형당하는 것으로 대단원을 이루고 있다. 제3부에서는 지배계급의 외세 의존성과 매판성 때문에 농민들에 의한 동시대 변혁운동은 외세와 직접적인 대결을 벌이게 되는 과정이 그려지고 있다. 이러한 대결에서 외세의 무력에 농민군이 패하게 되고 결국 주도자인 전봉준은 붙잡혀 최후를 맞이하게 된다.

이 소설의 역사적 주인공은 전봉준이지만 소설 안에서 그는 오수동을 통해서 이야기의 무대로 등장한다. 1장에서 전봉준은 오수동의 아들 오상민에게 영향을 주는 배경 인물의 역할을 하다가, 최시형·손병희 등과 결별한 뒤 무장투쟁을 구상하며 오수동·정한순을 만나기 위해 상경하는 지점에 이르러서야 본격적으로 조명을 받는다. 제1부의 2장에서는 오수동을 매개로 하여 서울이 묘사되는데, 역사적 정황이나 시정 세태에 대한 비판적 관찰자로 나서는 오수동은 다른 인물에 비해 우월한 관점에 서며, 때문에 서술자의 대리자로 보이기도 한다. 여러 그림들을 겹쳐 잇는 박태원의 세태묘사의 방법[105]은 그러나 근본적으로 정태적인 것인데, 이는 보는 눈이 고정되어 있기 때문이다. 고부와 서울의 모습, 각층의 인물들과 다양한 역사적 장면들을 겹쳐낸 『갑오농민전쟁』의 제1부에서도 이야기는 결국 하나일 뿐이다.

제2부와 제3부에서 오수동의 역할은 그의 아들 오상민에게로 넘어간다. 이 혁명적인 인민은 진리로서의 역사 이념을 완벽하게 구현하고 실천하는 주인공으로, 자신이 보지도 못했던 '할아버지'(『계명산천은 밝아오느냐』의 앞머리에 그려졌던)——저항정신의 원조(元祖)를 잇는 형상이다. 제2부와 제3부에서 조병갑을 징치한 전봉준과 오상민은 전주성에 입성하지만, 결국 동학군은 관군과 일본군에 의해 괴멸되고 전봉준은 서울로 압송되어 처형된다. 그러나 살아남은 오상민이 말을 타고 사라지는 마지막 장면은 항거의 정신은 사라지지 않는 것이며 따라서 이야기 역시 끝나지 않은 것임을 말한다.

　북한의 '문예출판사'가 1991년 장편소설 『갑오농민전쟁』(제1·2·3부)을 다시 내면서 소개한 줄거리는 다음과 같다.[106)]

　소설의 제1부는 주인공 오상민의 일가를 비롯한 고부 양교리 농민들이 군수로 내려온 조병갑에게 가혹한 수탈을 당하는 이야기로부터 시작된다. 민비로부터 7만 냥에 군수자리를 산 조병갑은 갖은 악랄한 방법을 다하여 농민들을 착취한다. 그리하여 더는 살 수 없게 된 양교마을 농민들은 전창혁(전봉준의 아버지) 로인을 비롯한 농민대표들을 고부관청에 보내어 강경한 항의를 들이댄다. 그러나

악독한 조병갑은 농민들의 절박한 요구를 들어주는 대신 이들을 '란민'으로 몰아 전창혁 로인을 악랄하게 학살한다. 이 치떨리는 만행 앞에서 고부농민들은 드디어 폭동에 궐기한다.

소설의 제2부는 고부에서 일어난 농민폭동이 전국을 뒤흔드는 대규모의 농민전쟁으로 확대되는 과정, 그 거족적인 투쟁의 불길 속에서 성장하고 단련되는 주인공 오상민과 전봉준 등 인물들의 운명선을 그리고 있다.

관청을 습격하여 노비문서를 불태우고 악질관리와 토호들을 처단하는 투쟁으로부터 시작된 고부농민폭동은 태인·금구·정읍·부안 등 전라도 각지로 급속히 파급되었다.

이에 당황한 봉건정부는 량호초토사 홍계훈을 파견하여 관군으로 하여금 농민군을 포위 공격하도록 한다. 그러나 놈들의 기도를 간파한 농민군은 백산전투와 황토현전투에 이어 장성에서 관군을 격파하고 전라도 봉건통치의 아성이며 리왕조의 본관지인 전주성을 단숨에 함락하고 보무당당히 입성하는 것으로 끝난다.

소설의 3부는 전국 각지에서 급속히 파급되는 농민전쟁에 질겁한 봉건국왕 리형이 외국에 청병 흉모를 벌리는 이야기로부터 시작되며 일본침략자들의 조선출병과 전주화의, 집강소 설치와 '폐정개혁', 위기에 처한 국권을 바로 잡기 위한 농민군의 재기, 공주대 격전, 그 실패와 농민군 지도자 전봉준의 체포 등 방대하고 심각한 력사적 사실들을 취급하고 있다.

소설은 이처럼 실재한 사건들을 생동한 예술적 화폭으로 펼쳐보이면서 주인공 오상민과 전봉준을 비롯한 상이한 계층, 인물들의 운명선을 통해 참다운 력사의 주체는 인민대중이며 인민이야말로 가장 훌륭한 애국자들이라는 진리를 밝혀준다. 동시에 소설은 어떻게 되어 그처럼 거족적으로 떨쳐나섰던 농민전쟁이 실패하였는가 하는 력사의 교훈을 예술적 형상으로 확인하고 있다.

이상으로 이기영의 『두만강』과 더불어 최고의 사회주의 역사소설로 주목받았던 박태원의 『갑오농민전쟁』에 대하여 살펴보았다. 북한의 문예창작강령에 충실한 작품으로 평가받았던 이 작품은 시간적·공간적 배경이 전라도로 되어 있음에도 불구하고 서울말 중심의 언어를 계속 사용하고 있다는 점과 역사적으로 볼 때 동학혁명 제1차 봉기 때 동학교단의 조직을 활용한 사실을 부정하고 있는 점 등 결함을 드러내고 있는 한계를 보이고 있지만 박태원의 작가적 의식이 보여주는 다양한 기법과 장치들이 나타나 있어 사회주의 리얼리즘을 떠나서도 미학적으로 평가 가능한 영역이 상당부분 존재하는 것을 알 수 있다.

이 점에서 『갑오농민전쟁』은 남북한 문학의 공통분모를 추출할 수 있는 작품으로서 그 의미가 크다. 모더니즘에서 사회주의 리얼리즘으로 나아간 그의 문학적 도정은 급변하는 시대적 상황과 함께 문학적 자기 성찰을 계속했던 한 작가의 고뇌와 세계 인식의 결과물이었다는 점에서 우리 문학사에 중요한 반성적 자료로 남아 있게 될 것이다.

『갑오농민전쟁』은 건강이 극도로 악화된 상황에서 박태원이 아내 권영희로 하여금 자신의 구술을 받아 적는 형식으로 완성한 작품이다. 육체적 고통과 맞서 싸우며 이뤄낸 『갑오농민전쟁』은 북한 최고의 역사소설로 평가받고 있다. 『갑오농민전쟁』을 완성한 그해 1986년 7월 10일, 박태원은 77세의 일기로 세상을 떠났다.

보론: 네 명의 구보

현대소설사에서 하나의 소설 테마가 성공적인 패러디의 계보를 형성한 것은 「소설가 구보씨의 일일」이 유일하다고 할 수 있다. 1930년대 식민지 시대에 창작된 박태원의 「소설가 구보씨의 일일」은, 1960년대 말 1970년대 초 격동의 현대사를 관통하고 있는 최인훈의 연작소설 『소설가 구보씨의 일일』로 계승되고, 1990년대의 포스트모던 시대에는 주인석에 의해서 연작소설 『소설가 구보씨의 하루』로 이어진다.

이들은 모두 소설가 소설이라는 공통점을 가지고 소설 쓰기에 관한 작가의 자의식을 소설의 한 축으로 삼고 있다는 특징을 지닌다. 또한 작가의 소설 쓰기라는 것이 시대와 현실에 관한 화두에서 벗어날 수 없는 작업이기에 그들이 반영하고 있는 현실이 소설의 또 한 축이 된다. 여기에서 빠질 수 없는 요소는 바로 구보씨의 행적인 것인데, 산책자[107]로서의 구보씨가 서울이라는 도시 공간을 배회하는 형식을 취하고 있는 것이다.

이와 같은 공통점에도 불구하고 이 세 편의 소설이 창조적인 패러디로 그 계보를 형성하게 된 것은 작가들에게 공통적으로 존재하는 변치 않는 문제의식이 각 작가의 개성과 시대의 상황에 맞게 그야말로 창조적으로 직조되었기 때문이다. 20세기말 주인석에 의해 새롭게 탄생한 구보 이후에 다양한 형태로 구보의 형제들 내지는 자식들이 탄생되었고[108], 이제 그러한 구보들의 모습은 새로울 것이 없는 보편화된 인물 유형으로 굳어지게 된 것이 사실이다. 그럼으로써 이제 소설가 구보씨는 더 이상 창조적인 패러디의 계보를 이어가기 힘든 것으로 보여지게 되었다.

그러나 세기말과 세기초, 세계가 변화하는 속도와 방향을 파악하기 힘든 시대에 구보는 예측하지 못했던 모습으로 다시 한 번 문학사에 등장하게 되는데, 바로 하이퍼텍스트 소설 「디지털 구보 2001」이다. 이 구보씨는 21세기에 와서 이전의 패러디 형식과는 전혀 다른 양태의 변화를 경험하게 된다. 사이버 공간으로 그 공간의 지평을 확대한 이 소설은 수 세기에 걸쳐 우리에게 익숙한 문자적 의미에 동영상·소리·이미지와 같은 새로운 매질이 가세한데다가 디지털 단편 영화까지 덧붙이고 있다.

이는 단순히 문자적 속성의 와해와 새로운 통합서사의 출현이라는 부분적 의미망을 구성하는 데 그치지 않고, 21세기의 거대한 인문학적 패러다임의 전환이라는 문제와 맞물려 있다.[109] 얼핏 이전의 구보씨 계열과는 무관해 보일 정도로 색다른 이런 획기적 변화 또한 사회적 변화의 한 반영임을 생각해본다면 앞의 세 편의 구보씨 계보와 밀접한 상관성이 있음을 쉽게 알아볼 수 있게 된다.

여기서 이들의 상관성을 고찰하기 이전에 이들이 행하고 있는 패러디라는 것이 정확히 무엇인가와 그것은 정당한가에 대한 고찰이 필요하리라 보인다. 굳이 패러디의 형식을 취하게 된 이유가 있을 것이라는 뜻이다. 패러디(parody)[110]는 흔히 풍자적 모방으로 알려져 있는데, 기성 작가의 주제의식과 어휘 등에 변용을 가해 풍자·조롱하는 것을 의미하는 용어이다. 그러나 패러디의 의미는 논란이 많으며 반드시 풍자적 색채를 띠지 않더라도 모방적으로 재현하는 일련의 언술 방식을 패러디로 간주하는 경우가 많다.

특히 소설에서의 패러디란 "소설 속에서 심미적 전경의 한 양식으로 이해되어야 한다. 아울러 패러디란 선생의 형식들에 대해 스스로 반문함으로써 새롭게 창조되는 역사의식을 가진 특수한 형식으로 정의된다. 따라서 패러디란 하나의 진지한 양식이다."[111] 이러한 의미에서 패러디한 작품들은 원작과의 유사성보다는 새롭게 창조된 역사의식, 즉 각 시대의 현상에 따른 문제의식을 원작의 전이를 통해 드러냄으로써, 과거를 현재화하여 현재를 되돌아보는, 하나의 반성적 양식으로 간주해야 할 것이다.

이러한 의미에서 본다면, 앞서 서술한 일련의 구보계 소설들은 이들을 통해 시대별로 다르게 나타나는 작가의식의 차이와 변화된 사회의식의 일면을 들여다볼 수 있다는 의의를 가지게 된다. 더욱이 형식과 매체의 측면에서 획기적인 변화를 보이고 있는 「디지털 구보 2001」의 경우, 과거 구보 소설들이 가진 가장 큰 형식적 특징이 확대·심화되는 형국으로 변화하였음에 주목하여 소설사에 새로운 의미 부여의 계기를 만들어주고 있다.

박태원의 「소설가 구보(仇甫)씨의 일일」

박태원의 「소설가 구보씨의 일일」은 의식의 흐름을 통한 서술, 기호와 문자의 삽입을 통한 시각적 효과, 오버랩을 통한 현재와 과거 시간의 혼재 등의 소설적 기법들을 사용함으로써 대표적인 모더니즘 소설로 일컬어진다. 특히 이 소설은 작가가 스스로 말하고 있다시피 고현학의 방법론을 통하여 당대 조선의 사회상을 드러내고 있다는 점에서 근대 지향적 색채 또한 농후하다. 모더니즘이라는 것이 본래 근대 도시

문명과 뗄 수 없는 관계에 있는 것이므로 모더니즘과 근대지
향성은 동전의 앞뒤처럼 여겨지는 것이 당연하겠으나, 이 소
설의 생성 무대가 1930년대 조선의 경성이라는 점에 강조점
을 두자면 문제는 간단하지가 않다.

　1930년대에 와서 조선이 일본의 대륙 침략을 위한 병참기
지의 역할을 하게 되자 식민지 수도로서의 경성의 규모가 확
대되게 되고 이에 따라 경성은 외관상으로 근대 도시의 형태
를 갖추게 된다. 그러나 경성의 도시화는 조선인들의 입장에
서 계획되고 진행된 것이 전혀 아니었기 때문에 이로 인해
수많은 병폐를 낳게 되었음은 주지의 사실이다. 특히 조선
인텔리들의 실업률은 근대 도시의 외양과는 반비례하며 늘
어가기만 했는데, 그것은 경성의 근대화가 실제 조선인의 계
층 구조, 산업 수준을 전혀 고려하지 않은 상태에서 진행된
결과의 하나이다. 결국 경성의 근대 도시화는 식민 통치를
위한 불가피한 수단의 일환으로 진행된바, 조선의 모더니티
라는 것이 자생적으로 혹은 모더니티의 추구라는 자의식 아
래 서구와의 직접적 소통을 통해 성립된 것이 아니라는 점에
서 1930년대 모더니즘의 문제성이 생산된다.

　이 문제성 깊은 시공간 속의 지식인의 모습을 담아내고 있
는「소설가 구보씨의 일일」의 모더니즘과 근대 지향성은, 따
라서 조금씩은 특수한 의미를 포함하는 문제적 함의를 가지

게 된다. 어떠한 형태로든 작가가 행하는 언술 행위 속에는 나름의 현실인식이 내재되어 있기 마련이라면, 박태원이 사용하고 있는 모더니즘의 기법들 또한 박태원 나름의 현실인식을 드러낸다. 현실의 리얼리티를 도저히 복원할 수 없을 만큼 의식이 파편화되고 파괴되는 상황이라면 작가는 자신의 현실 인식을 수습하기 위해 여러 가지의 기법을 차용하게 된다. 이렇게 본다면 모더니즘의 기법실험은 리얼리티를 확보하기 위한 리얼리즘의 연장선으로 파악되어야 할 것이다. 그러므로 「소설가 구보씨의 일일」에서 사용되고 있는 모더니즘의 기법들은 박태원이 시도한 리얼리티 복원의 한 방식이라고 할 수 있겠다.

또 고현학적 방식을 통해 표출된 근대에 대한 지향성도 시대적 상황과의 관련하에서 파악되어야 할 것인데, 1930년대 경성의 근대 도시적 외양과 그 속에서 살아가는 군상들의 모습은 부조화와 아이러니 그 자체인 경우가 많았기 때문이다. 근대적 도시 속에서 살아가는 군상들이 근대의 수혜를 받지 못하고 왜곡된 모습으로 살아가게 되었을 때, 그들에게 남는 것은 각종의 질병들이다. 그 자신 근대적 질병, 신경쇠약 등을 안고 살아가는 구보는 경성의 사람들이 대부분 온갖 정신병에 노출되어 있다고 생각하며 '구차한 내나라'를 떠올리게 되는 것이다. 그가 산책하며 목격하는 것은 실제 황금광을 찾아 떠나는 시인과 여급이 될 수밖에 없는 미망인의 처지와 물질만능의 졸부 등이다.

그러므로 박태원이 보여주고 있는 고현학은 새것으로 포장된 화려함의 뒤안길에서 드러나지 않게 고통받는 수많은 조선인의 모습이고 여기서 박태원의 고현학이 고집하는 목표가 가장 사실적으로 조선의 현실을 보여주는 것에 맞추어져 있음을 알 수 있다. 이것이 또한 박태원이 가진 소설 쓰기에 대한 작가의 자의식이 될 것이다. 즉, 리얼리티로 표현할 수 없는 파편화되고 파괴된 현실을 복원하고자 하는, 표현하고자 하는, 표현 수단을 찾기 위한 산책이라 할 수 있다.

최인훈의 『소설가 구보(丘甫)씨의 일일』

박태원의 구보가 하루 동안의 행장기를 써냈음에 비해 최인훈의 구보는 3년 가까이 되는 기간 동안의 행장기를 써내려간다. '일일'이라는 제목과 실제 시간의 거리는 새로운 의미를 파생시킨다. 즉 제목의 하루는 시계의 하루가 아니라 일 년을 하루같이, 삼 년을 하루같이 비슷한 삶을 산다는 뜻에서의 하루를 의미한다고 생각될 수 있는 것이다.[112]

따라서 최인훈의 구보의 생활은 반복적 일상성으로 특징지어진다. 실제 소설의 대부분의 장은 구조적으로 반복적 구성을 취하고 있으며, 이러한 반복적 구조는 이 소설이 끝난

후에도 구보는 비슷한 일상성의 주제 속에서 살고 있으리라는 인상을 남긴다. 박태원의 구보가 마지막에 어머니를 생각하고 생활인이 되기로 마음먹으며 산책을 끝낸 것에 비해 최인훈의 구보는 반복 구조의 계속성을 암시하며 생활로 돌아가지 않고 계속 사색할 것임을 암시하고 있는 것이다.

최인훈의 구보의 생활은 일상성의 제한된 것이지만 세상은 일상적이지 않은 거대 사건의 연속이다. 거대 사건은 세계의 질서를 바꾸고 국가와 사회의 변동을 가져온다. 구보는 이 역사적 사건들을 주시하고 주어진 역사와 사회의 문제에 대해 사색한다. 구보는 자신의 사회적 주변성에 무력감을 느끼면서도 소설 쓰기가 "다른 예술과는 달리 다소간의 사상이며, 논리며, 역사며 하는 의식과정을 전제하지 않고서는 쓸 수 없는 예술 형식"이라는 소설에 대한 자의식이 분명하다. 역사와 소설과의 친밀성을 믿고 있는 구보에게 사회에 대한 적극적 실천은 주어진 문제에 대해 글을 쓰는 것을 의미한다. 작가란 사회 현실을 드러내는, "환경을 정확히 계산해내는 무당"인 것이다. 결국 구보의 소설론은 문학이 사회의 진실을 밝혀야 한다는 것인데 이는 리얼리즘의 이론과 다르지 않다.

박태원이 모더니즘 기법으로 소설에 대한 자의식을 드러내고 파편화된 현실의 리얼리티를 들추고자 하는 모색을 했다면, 최인훈은 소설에서 역사의식을 드러냄으로써 소설 쓰기에 대한 자의식을 표현하고 권력의 우상과 분단이라는 근본악으로 병들어 있는 한국 사회의 모습을 들추고자 하는 것이다.

주인석의 『검은 상처의 블루스—소설가 구보씨의 하루』

주인석의 『소설가 구보씨의 하루』 연작은 1980년대를 주체적으로 산 세대의 운명과 1980년대라는 시대가 갖는 의미에 대한 가치정립의 소설 쓰기라고 볼 수 있다.[113] 주인석의 구보가 인식하는 1980년대라는 시간은 역사적 사건들의 연속이었고 그 속에서 살아 견딘 구보에게 1990년대는 카오스 그 자체라고 여겨진다. 구보는 그 카오스의 한 변두리에서 자신이 살아온 역사에 대한 혼란을 극복하고자 과거를 회상하고 현재를 살피는 작업을 한다. 1980년대에 이념과 실천 속에서 살아온 구보에게 1990년대의 포스트모던은 현재의 방향감각을 상실하게 만들고, 방향을 잡고 미래를 전망하고자 하는 구보는 과거를 돌아봄으로써 오늘의 혼란을 정리하고 싶어한다. 그 방법이 곧 소설 쓰기이다.

따라서 주인석의 관심이 되는 것은 개인의 문제보다는 문학·정치·사회적인 문제를 안고 있는 시대적 아픔에 있다. 물론 주인석의 구보가 개인적인 과거를 회상하고 그 아픔으로 인한 좌절감을 갖고 있는 자이지만 그의 개인적 과거의 중심에는 결국 분단이라는 시대적·사회적 아픔이 자리하고 있다.

박태원의 작품을 의도적으로 패러디하는 기법[114]을 쓰고 있다는 점을 제외하고는 주인석의 구보는 박태원의 구보와 여러 가지로 차이점을 가지는데 먼저 외출 시 뚜렷한 목적을 갖는다는 것이 두드러진 차이다. 「옛날이야기를 좋아하면 가난하게 산단다」에서는 고향을 방문하기 위해, 「사잇길로 접어든 역사」에서는 H의 결혼식, 「그때 시라노는 달나라로 떠나가고」에서는 장례식에 참석하기 위해, 「한국문학의 현단계, 1992년 겨울」에서는 출판사들을 둘러보기 위해 외출한다. 「지옥의 복수가 내 마음을 불타게 한다」에서는 12·12사건의 현장인 경복궁을 찾기 위해 집을 나선다.

특정한 목적을 갖고 하는 외출은 '하루'의 의미 또한 변화시킨다. 주인석 연작에서의 하루는 각각 목적의식이 다른 외출이기에 각기 다른 다양한 체험들을 다루고 있다. 그리하여 일상성의 반복을 다뤄 닫힌 삶의 모습을 담은 박태원이나 최인훈의 작품과는 달리 변화하는 삶의 모습을 보여주고자 하고 있다.

「옛날 이야기를…」에서는 자신의 과거를 감춘 상태에서 공개하여 반성하는 변화 과정을, 「사잇길로…」에서는 H의 변절 전과 후의 모습을,「그때 시라노는…」에서는 죽음으로써 무명에서 유명해진 한 시인의 삶의 역정을,「한국문학의…」에서는 문학의 본질을 잃고 상업화되고 영상매체에 밀려 존재위기를 맞고 있는 변모한 문학풍토에 대해,「지옥의…」에서는 군사반란자들로 규정되었던 사람들이 다시 사회에 복귀하는 과정을 각각 담고 있는 것이다. 이와 같이 변화하는 상황에 초점을 맞춰 누적된 하루하루는 새로운 상황으로의 진입을 유도하는 변화를 의미한다고 할 수 있다.

이러한 변화는 연작 속에서 구보의 소설 쓰기와 밀접하게 연관되어 나타난다. 구보는「옛날 이야기를…」와「사잇길로…」,「그때 시라노는…」에서는 소설가로 존재한다. 그러나「한국문학의…」에서는 소설적 긴장이 생기지 않아 소설 쓰기를 포기한 후 한동안 소설을 쓰지 않는다. 그러다「지옥의…」에서는 12·12사건 공소 시효만료일 이후 소설을 다시 쓰고 있다고 선언하고 있다. 결국 연작들은 '소설을 쓸 수 없는 이유를 소설로 쓴' 작품들이며 소설을 왜 써야하는가를 다룬 작품들이라고 볼 수 있다.

그런데 구보가 소설을 쓰지 못하는 이유는 작가 내부에 있는 것이 아니라 외부에 있다. 앞서도 서술했듯이 연작의 소재는 자기자신의 문제에서 출발하고 있지만 그것이 친구·동료·한국문단, 더 나아가 당대 사회의 시대적·정치적 문제로 관심이 확대되고 있는 것이다. 이와 같이 주인석이 관심을 가지고 있는 소설 쓰기는 주인공의 내적 갈등을 다루기보다는 시대·사회적 문제에 관심을 가지고 있음을 확인할수 있다.[115]

최혜실의 「디지털 구보 2001」

하이퍼텍스트[116]의 개념으로 다시 태어난 구보는 분명 이전의 박태원·최인훈·주인석 구보의 계보를 잇는다. 그러나 21세기의 구보는 이전의 구보들이 보여준 산책자 이미지를 벗어났다. 또한 소설의 패러디 양상 또한 매체의 변화에 힘입어 상당히 다른 패턴을 보인다. 이 소설의 구보는 여성이며 구보의 남자 친구는 소설가 이상을 패러디한 컴퓨터 시나리오 작가 이상이다. 1930년대 모더니티의 대명사였던 이상은 여기서 인문학적 상상력과 기계문명의 통합에 대한 가능성에 인생을 걸고 있는 21세기형 지식인으로 재창조되고 있다. 박태원의 구보 이래 별반 중요성이 없던 어머니는 여기서 구보와 이상에 맞먹는 비중으로 등장한다.

소설 자체가 구보와 이상과 어머니의 세 갈래 시점으로 쓰여지고 서로 교차되고 있으며, 놀랍게도 수많은 링크로 연결된 이 소설은 독자의 선택 여하에 따라, 참여 정도와 여부에 따라 스토리 자체가 변화되기도 한다.

세 인물은 하루 동안이라는 시간대에 걸쳐 각기 겹치기도 하고 헤어지기도 하면서 서술적 사건을 만들어간다. 독자들은 인물이나 시간대에 따라 마련된 독서로를 통해, 어느 인물 어느 시간이든지 원하는 지점에서부터 읽기를 시도할 수 있다. 매체의 특성상 그 읽기는 보기·듣기·느끼기를 함께 감각할 수 있는 가능성의 길 위에 펼쳐져 있다. 독자의 의도 또는 그 실행에 따라 소설의 이야기 과정이 다시 짜여지며, 문자와 동영상과 이미지가 동시에 다양하게 작동함으로써 기존의 소설문법이 가진 속성 및 한계로부터의 일탈이 가능해진다. 이를테면 문자매체의 서술형태와는 전혀 판이한 통합서사의 형태가 지금 여기서 우리 앞에 놓이게 되는 것이다.

　여기서 기존의 구보들과 디지털 구보의 가장 큰 차이점이 발견된다. 기존의 구보들은 자신이 거리로 나서 자신과 시대에 사색하는 산책자가 되었지만, 21세기 구보는 독자를 산책자로 둔갑시킨다. 독자는 디지털 구보의 서사 체계에 발을 들여놓는 순간 그 다양한 서사 경로와 수많은 링크를 돌아다니며 매번 새롭게 서사와 정보를 재구성한다. 이 산책은 거리로 나서서 이루어지는 것이 아니며, 자리에 앉아 오감과 정신이 이루어내는 산책이다. 21세기 디지털 문명하의 서사와 문화, 시대에 대한 사색과 고민이 주인공을 통해 주인공의 것으로 전달되는 것이 아니라, 독자 스스로가 산책자가 되어 그 사색과 고민의 현장에 뛰어들게 되는 것이다. 여기에 디지털 구보의 현재적 의의가 있다고 보아야 할 것이다.

결어

1930년대 식민지의 굴레를 쓴 지식인의 현실에 대한 복원의 소망이 박태원의 「소설가 구보씨의 일일」이라는 모더니즘 소설로 탄생되었다면, 1960년대와 1970년대 격동의 세월 속에서 현실에 대한 참여의 욕망이 최인훈의 『소설가 구보씨의 일일』로 현현되었다. 1980년대와 1990년대의 괴리 속에서 방향감각을 찾기에 벅찼던 1990년대 지식인의 자기 길 찾기는 주인석에 의해 『소설가 구보씨의 하루』로 모색되었다.

이들의 구보는 모두 그 시각이 어디에 중심을 두었든지 간에 구보의 자의식과 사색과 서울의 거리가 버무려진 것이었다. 세계를 어떻게 반영하여야 하겠는가를 고민하는 소설가들의 이 같은 자기 반성·자기 반영은 오히려 자신의 세계를 더욱 깊게 탐색하는 결과를 가져왔다고 볼 수 있다. 시대의 변화에도 퇴색될 수 없는 작가의 이런 문제의식들이 구보의 계보를 형성하였다고 말할 수 있겠으며, 세계를 어떻게 반영할 것인가의 21세기형 고민이 「디지털 구보 2001」에 담겨 그 계보를 계승하였다고 볼 수 있을 것이다.

주인석 이래의 작가들이 포스트모던의 시대에 방향 감각을 회복하려고 몸부림쳤던 것처럼 디지털 문명의 변화 속도와 방향이 얼마나 빨리, 어떤 식으로 문명과 인간의 변화를 불러올지에 대해 예상하고 고민할 수밖에 없는 것이 21세기 지식인의 운명일 것이다. 그러한 와중에서, 소설의 운명에 대한 길 찾기와 길 만들기가 디지털 구보를 뛰어넘어 새로운 구보를 만들어내게 되는 미래가 도래할지도 모르는 일이다.

주

1) 정현숙, 『박태원문학연구』, 국학자료원, 1993, 42쪽.

2) 박태원, 「춘향전 탐독은 취학이전의 일」, 『文章』, 1940. 2, 5쪽.

3) 박태원, 「純情을 짓밟은 春子」, 『朝光』 제3호 10호, 1937. 7, 131쪽, 132쪽.

4) 변정화, 「1930년대 한국단편소설연구」, 숙명여대 박사학위논문, 1987, 119쪽.

5) 김홍식, 『박태원 연구』, 국학자료원, 2000, 73쪽.

6) 공종구, 「박태원 소설의 서사지평 연구」, 전남대 박사학위논문, 1992, 41쪽.

7) 정현숙, 앞의 책, 1993, 121쪽.

8) 같은 책, 123쪽.

9) 김홍식, 앞의 책, 2000, 86쪽, 87쪽.

10) 같은 책, 106쪽.

11) 염무웅, 「30년대 문학론」, 『민중시대의 문학』, 창비, 1979, 63쪽.

12) 이중재, 『구인회 소설의 문학사적 연구』, 국학자료원, 1998, 9쪽.

13) 유진 런(E. Lunn)은 서구 모더니즘의 일반적 특질로서 ①미학적 자의식 또는 자기 반영성 ②동시성, 병치 또는 몽타주 ③패러독스, 모호성, 불확실성 ④비인간화와 통합적인 개인의 주체 또

는 개성의 붕괴 등을 들고 있는데, 이러한 특징들은 구인회 동인들의 작품에서 쉽게 찾아볼 수 있다. 정지용·김기림·이상의 실험적인 시뿐 아니라 박태원·이상의 의식의 흐름을 다룬 소설 작품에서 흔히 발견된다. 구인회가 추구한 모더니즘 문학은 서구의 그것과 어느 정도 접맥이 되어있다고 보이므로 유진 런의 이와 같은 논점은 한국의 모더니즘을 이해하는 데 있어서 적지 않은 시사점을 던져 주고 있다고 본다. 유진 런, 김병익 옮김, 『마르크시즘과 모더니즘』, 문학과지성사, 1986, 46∼50쪽.

14) 구인회는 이종명과 김유영이 처음 발기를 하고 중간 역할을 맡은 조용만이 이무영·김기림·이태준 등 일간지 학예부 담당자들을 끌어들임으로써 모양새를 갖춘다. 이종명과 김유영이 카프에 대항하는 문학단체를 만들겠다고 생각하고 염상섭을 모임의 리더로 내세울 것을 제안했다. 카프 측의 대표적인 실천가인 박영희와 이미 일대의 설전을 벌인 바 있는 염상섭을 리더로 앉힌다면 이는 결국 카프와의 대결양상을 보인다고 해서 이효석과 이태준은 반대했다. 이는 곧 구인회의 '정치성'이 '순수성'에 거세되고 이종명과 김유영은 이태준과 정지용에게 주도권을 물려준다. 지금까지 언급한 회원은 선선히 구인회에 가입하여 자신들의 문학활동을 구인회와 관련시켜 전개해나갔으나 이효석과 유치진은 곧 탈퇴한다. 이효석은 그 당시 얻었던 '동반작가'라는 이름과 결별하고 낙향해서 「산」, 「들」과 같은 순수문학작품을 발표한다. 또한 이종명·김유영도 구인회의 결성이 자신들의 생각과 방향이 다르다는 이유로 탈퇴하고 이어 조용만도 탈퇴한다. 이와 같이 구인회의 결성의 세 주역인 이종명·김유영·조용만과 형식적인 동조자 이효석·유치진·이무영 등이 떠나자 이태준·정지용·김기림만이 남게 된다. 이태준·정지용·김기림이

주축이 되어서 박태원·이상·박팔양·김유정·김환태·김상용 등을 신입회원으로 가입시킨다. 이러한 과정을 거치면서 이태준·정지용·김기림·박태원·이상 등 구인회의 핵심 멤버들은 개인적인 창작 활동은 물론이고 단체 활동 또한 그에 못지않게 활발하게 전개해나간다.

15) 제1차 행사인 '시와 소설의 밤'은 1934년 6월 30일『조선중앙일보』학예부 후원으로 종로 중앙기독교 청년회관에서 개최되었다 (『조선중앙일보』, 1934. 6. 24 안내기사 참조). 제2차 행사는 '조선신문예 강좌'로서 역시『조선중앙일보』후원으로 1935년 2월 18일부터 5일간 청진동 경성보육 대강당에서 실시되었다 (『조선중앙일보』, 1935. 2. 17 안내기사 참조).

16)『시와 소설』은 총 40면으로 된 구인회 기관지로서 1936년 1회를 발간하고 사정이 여의치 않아 중단되었다.

17) 이경훈, 「이상과 박태원」,『이상. 철천의 수사학』, 소명출판, 2000, 91~99쪽.

18) 김기림, 「문단불참기」,『문장』, 1940. 2.

19) 김기림, 「李箱의 모습과 예술」,『李箱選集』, 백양당, 1949.

20) 오광수,『한국근대미술사상노트』, 일지사, 1987.

21)『조선중앙일보』, 1934. 10. 6~23.

22)『조선중앙일보』, 1939. 2.

23) 박태원이 자신과 이상에 대하여 쓴 글로는 「李箱의 悲戀」(『여성』4권 5호, 1939. 5), 「李箱의 片貌」(『조광』3권 6호, 1937. 6), 「李箱哀詞」(『조선일보』, 1936. 4. 22) 등이 있다.

24) 류보선, 「이상과 어머니, 근대와 전근대―박태원 소설의 두 좌표」, 강진호 외,『박태원 소설연구』, 깊은샘, 1995.

25)『요양촌』, 3권, 1938. 10.

26) 정현숙, 앞의 책, 1993.

27) 박태원, 「염천」, 『이상의 비련』, 깊은샘, 1991, 163쪽.

28) 같은 글, 164쪽, 165쪽.

29) 같은 글, 169쪽.

30) 권위적 담론은 권위 그 자체라든가, 전통의 권위, 공인된 진리의 권위, 관료적 권위 및 그와 유사한 다른 여러 권위 등의 다양한 내용을 포괄한다. 즉 종교적 교리나 이미 공인된 과학적 진실, 혹은 현재 유행 중인 책 등에 내포된 의미나, 정치적 도덕적 담론과 함께 아버지와 어른 및 선생님의 말 등이 이에 속하는데 과거와 유기적으로 연결되어 그 권위를 이미 과거에 인정받은 선험적 담론을 말하며 그 권위와 더불어 부침(浮沈)을 공유하기도 한다. 권위적인 담론은 그것을 조각내서 한 부분에는 동의하고 다른 부분은 부분적으로 받아들이며 또 다른 부분은 완전히 거부한다든가 할 수 없다. 바흐친(M. Baktin), 전승희 · 서경희 · 박유미 옮김, 『장편소설과 민중언어』, 창비, 1995.

31) 김홍식, 앞의 책, 2000.

32) 박태원, 「염천」, 앞의 책, 1991, 159쪽.

33) 같은 글, 170쪽.

34) 박태원, 「이상의 비련」, 앞의 책, 1991, 172쪽, 173쪽.

35) 손광식, 「박태원 소설 연구」, 성균관대 박사학위논문, 1999, 71쪽.

36) 박태원, 「애욕」, 앞의 책, 1991, 80쪽.

37) 손광식, 앞의 글, 1999, 72쪽.

38) 같은 글, 73쪽, 74쪽.

39) 안숙원, 「박태원소설연구―위치의 시학」, 서강대 박사학위논문, 1993, 134쪽.

40) 박태원, 「애욕」, 앞의 책, 1991, 61쪽, 62쪽.

41) 『매일신보』, 1938. 4. 5~5. 21.

42) 『조선일보』, 1938. 4. 7~1939. 2. 4.

43) 『매일신보』, 1941. 8. 1~1942. 2. 9.

44) 공종구, 「박태원의 통속소설 연구」, 『한국언어문학』 제31집, 1993. 6, 350쪽.

45) 유문선, 「애정갈등과 통속소설의 창작방법」, 『문학정신』, 1990. 6, 54쪽.

46) 정현숙, 앞의 책, 1993, 233~236쪽.

47) 박태원, 『여인성장』, 국학자료원, 1993, 233~236쪽.

48) 박태원, 「채가」, 『문장』 3권 4호, 1941. 4.

49) 김병걸, 「친일문학, 그 背族의 현재성」, 『순국』, 1990. 8, 95쪽.

50) 장덕순, 「일제암흑기의 문학사」, 『세대』, 1963. 9, 178쪽.

51) 백철, 「조선신문학사조사」 현대편, 백양당, 1950(초판, 1949).

52) 신희교, 「친일문학 규정 考察」, 『한국언어문학』, 2000. 12, 423쪽.

53) 김병걸, 앞의 글, 1990.

54) 이상경, 「박태원의 역사소설」, 정현숙 엮음, 『박태원』, 새미, 1995.

55) 김윤식, 「박태원론」, 『한국 현대현실주의 소설 연구』, 문학과지성사, 1990, 143쪽, 144쪽.

56) 이상경, 앞의 글, 1995, 164쪽, 165쪽.

57) 이미향은 그의 번역 작업 동기를 ①문학에 대한 정열이 없어지고, 쓸 소재도 없으며 ②생계를 위해 ③한글을 지키기 위해 ④아시아공영권에 따라 ⑤어린 시절의 양백화에게 받은 중국 고전소설에 대한 지식과 한문 실력 등에 선택되어진 것으로 해명하는데, 치밀한 실증 작업에 바탕한 논리라 설득력이 있다. 이미향, 「박태원 역사소설의 특징―해방 직후 작품을 중심으로」, 강진

호 외, 앞의 책, 1995, 253쪽, 254쪽.

58) 김종욱, 「일상성과 역사성의 만남―박태원의 역사소설」, 강진
호 외, 앞의 책, 1995.

59) 「바보 이반」(톨스토이, 『동아일보』, 1930. 12. 6~24), 「도살자」
(헤밍웨이, 『동아일보』, 1931. 7. 19~31), 「봄의 파종」(오푸리
티, 『동아일보』, 1931. 8. 1~6), 「조세핀」(오푸리티, 『동아일
보』, 1931. 8. 7~15), 「차 한잔」(맨스필드, 『동아일보』, 1931.
12. 5~10), 『파리의 괴도』(프레데릭, 조광사, 1941. 8)가 있다.
김봉진, 『박태원 소설세계』, 국학자료원, 2001.

60) 이 시기 객관적 정세의 약화 현상이 당대 사회·경제·문화 전
반에 걸쳐 막강한 영향력을 행사한다는 김윤식에 따르면, 일본
적 파시즘이 식민지 한국문학에 결정적인 작용을 하기 때문에
일본적 파시즘에 대한 이해가 결여된 상태에서는 이 시기에 대
한 온전한 사고를 이행하기 어렵다. 일본적 파시즘의 구체적 성
격은 군부 중심 체제, 천황의 절대화, 동양문화의 반성, 서구사
상의 비판 등을 의미하는데, 대동아공영권은 대표적인 가시적
현상이다. 김윤식, 『한국근대문예비평사연구』, 일지사, 1976,
210쪽, 211쪽.

61) 『전등여화』나 『금고기관』에 실린 단편소설의 번역물은 『지나 소
설선』(인문사, 1939)으로 묶여져 나온다. 이 소설집들은 "市井
의 閒事를 서술하여 이로써 마음을 즐기려는" 명대의 통속 소설
류이다. 박태원은 "여러 번 읽어도 물리지 않는" 소설인 「부용
병」, 「매유랑」, 「두십랑」, 「양각애」 등 20편 정도를 번역한다. 이
중 중국에서 많이 읽히고 예술성이 뛰어난 작품은 단편 「매유
랑」, 「두십랑」이다. 이 두 작품은 『금고기관』에 수록된 「두십랑
노침백보상」과 「매유랑독점화괴」의 대의(大義)만을 번역한 것

이다. 이 작품들은 기생이 주인공이고, 이들이 부와 권력이 있는 사람과의 행복한 생활을 염원하지만, 지배층들은 다만 기생의 미색만을 탐할 뿐 진정한 사랑이 아님을 드러낸다. 김종욱, 앞의 글, 1995.

62) 명대의 장편소설인 『신역삼국지』(1941. 5), 『수호전』(1942. 8∼1944. 12), 『서유기』(1944. 12) 등이 이 시기에 나온 번역소설이다.

63) 여기서 박태원이 소년 시절에 『춘향전』, 『심청전』, 『소대성전』 등의 고대소설을 모두 섭렵했다는 그 자신의 회고(박태원, 「순정을 짓밟은 춘자」, 앞의 책, 1937; 「춘향전 탐독은 이미 취학 이전」, 앞의 책, 1940. 2)와 더불어 그의 유년 시절의 교육과 고전소설의 영향이 그의 내면의식에 잠재되었을 정도, 그리고 그가 춘원에게 문학수업을 받았으며 중국문학의 연구가이며 번역가인 양백화에게 독서 지도를 받은 사실을 참작할 필요가 있다.

64) 여기서 박태원에게 있어 번역 작업이 주로 그의 문학활동 모색기에 이루어지고 있다는 사실을 알아둘 필요가 있다. 문학수업 시절과 일제말기 때의 번역 이외에도 박태원은 이후 두 번의 번역 활동 기간을 갖게 된다. 곧 해방공간에서 『군상』이 이승만 정권의 수립 등으로 중단된 상황에서 『수호지』를 수정하여 단행본 3권으로 펴내는 작업을 하는가 하면, 월북 이후 본격적인 역사소설의 집필이 이루어지기까지 『삼국지』, 『리순신장군전』, 『임진조국전쟁』 등을 번역한다. 말하자면 다분히 외적인 제약이나 억압으로 인해 그의 문학활동이 중단되거나 실패한 경우 박태원이 새로운 문학을 모색하기까지 선택한 것이 번역이라는 것이다.

65) 김윤식, 앞의 글, 1990.

66) 『수호지』가 1120년에 양산박을 근거지로 일어나 송 왕조에 위협을 준 농민 봉기의 이야기를 토대로 한 소설로, 부패한 지배자와

지주의 핍박에 못 이겨 민중들이 봉기하는 내용을 담고 있다는 점에 의의를 두는 논자도 있으나, 이는 큰 의미를 가지지 못한다. 즉 『수호지』는 작가가 영웅들의 활동을 이야기하기 위해 쓴 것도, 민중들의 봉기를 주목하고자 쓴 것도 아니라는 점이다. 이는 다만 작가가 일제 말 중국소설의 번역을 선택할 수밖에 없던 여건에 의해, 예술성이 뛰어나고, 오랫동안 생계비를 벌 수 있다는 점에서 번역된 것에 불과하다. 김종욱, 앞의 글, 1995.

67) 『수호전』을 "왜소해진 주체를 영웅 찾기로 대체하는 과정"이라고 해석하는 장수익(「박태원소설의 발전과정과 그 의미」, 『외국문학』, 1992 봄호)이나 류보선(「모더니즘적 이념의 극복과 영웅성의 세계—박태원의 「갑오농민전쟁」, 『문학정신』, 1993. 2)의 경우가 이에 속한다.

68) 이미향, 앞의 글, 1995, 254쪽, 255쪽.

69) 김종욱, 앞의 글, 1995.

70) 박태원은 조선문학가동맹에 적극적으로 가담하지 않았을 뿐만 아니라, 심지어 임원 선임을 피하기 위해 대회 전날 만취 상태를 가장하여 집으로 돌아오는 길에 일부러 다리에서 떨어져 다침으로써 이 두 명단에서 빠질 수 있었다고 한다. 강진호 외, 「박태원의 월북과 북한에서의 행적」, 『박태원 소설연구』, 깊은샘, 1995, 427쪽, 428쪽.

71) 정현숙, 앞의 책, 1993.

72) 이정옥, 「박태원소설 연구—기법을 중심으로」, 연세대 박사학위논문, 2000.

73) 강형구, 「박태원 소설 연구」, 고려대 박사학위논문, 1991.

74) 강진호 외, 앞의 책, 1995.

75) 박태원, 「춘보」, 『신문학』 3호, 1946. 8.

76) 김홍식, 「박태원 소설담론의 특성 연구」, 조선대 박사학위논문, 1999.

77) 박태원, 「임진왜란」, 『서울신문』, 1949. 1. 4~12. 14.

78) 장수익, 「박태원 소설의 발전과정과 그 의미」, 『외국문학』 30호, 1992.

79) 박태원, 『홍길동전』, 조선금융조합연합회, 1947. 11.

80) 김봉진, 앞의 책, 2001.

81) 정현숙, 앞의 책, 1993, 56~59쪽.

82) 정현숙은 박태원이 이태준·임화 등의 문인들이 숙청될 당시 함북 강제노동소에 수용되었다가 1960년에 다시 작가로 복귀한 것으로 보고 있다.

83) 강진호 외, 앞의 책, 1995.

84) 김봉진, 앞의 책, 2001.

85) 김영필, 「역사소설의 언어형상과 작가의 개성―『계명산천은 밝아오느냐』(1)을 중심으로」, 『문학신문』, 1966. 1. 14.

86) 김하명, 「생동한 개성, 서사시적 생활 화폭의 묘사―장편소설 『계명산천은 밝아오느냐』에 대하여」, 『조선문학』, 1966. 1.

87) 김병걸, 「혁명적 대작에서 작가의 창작적 개성과 예술적 기교」, 『조선문학』, 1966. 6.

88) 이정옥, 앞의 글, 2000.

89) 『문학신문』, 1961. 5. 1.

90) 박태원, 「암흑의 왕국을 부시는 투쟁의 역사」, 『문학신문』, 1965. 11. 16.

91) 이상경, 앞의 글, 1995, 174~180쪽.

92) 윤정헌, 「역사적 사건의 계급적 형상화―『갑오농민전쟁』론」, 강진호 외, 앞의 책, 1995, 411쪽.

93) 김윤식, 「한국 현대 현실주의 소설 연구」, 문학과지성사, 1990, 162쪽.

94) 이상경, 앞의 글, 1995, 181~184쪽.

95) 정현숙, 「박태원의 문학세계」, 정현숙 엮음, 앞의 책, 1995, 51쪽, 52쪽.

96) 이재선, 「사회주의 역사소설과 그 한계」, 『문학사상』, 1989. 6.

97) 김윤식, 「'갑오농민전쟁'론」, 『동서문학』, 1990. 1.

98) 문학예술총동맹출판사에서 나온 『계명산천은 밝아오느냐』, 1~2권에는 '갑오농민전쟁 제1부'라는 부제가 붙어 있다. 작가는 이 소설은 '갑오농민전쟁'의 1부로 계획하고 쓴 것이다. 1977년 출간되는 『갑오농민전쟁』(문예출판사) 1부에는 『계명산천은 밝아오느냐』의 중심인물이 다시 등장하고 이로써 줄거리도 다시 이어지지만, 그러나 둘은 같은 소설이 아니다. 1861년을 시간적 출발점으로 하여 1862년에 익산지방에서 일어난 민란을 중심으로 이야기를 펼쳐간 『계명산천은 밝아오느냐』와 동학혁명이 일기전인 1892년부터 이야기를 시작하는 『갑오농민전쟁』 사이에는 30여 년간의 간격이 있다.

99) 박춘명, 「지난날의 계급투쟁에 대한 생생한 화폭」, 『조선문학』, 문예출판사, 1978. 4, 60쪽, 61쪽.

100) 이것은 이 작품의 주제가 기본적으로 북한당국의 노선과 정책에 철저히 의거하고 있음을 의미한다. 북한의 사회과학원 문학연구소에서 1975년에 발표한 「주체사상에 기초한 문예이론」에서는 다음과 같이 설명하고 있다. "당의 로선과 정책에 철저히 의거한 혁명적 문학예술을 창작한다는 것은 수령님의 혁명사상과 그 구현인 당의 로선과 정책을 창작의 기초로, 지침으로 삼는다는 것을 의미한다. 이것은 문학예술작품에 당의 유일사

상이 정확히 구현되게 하는 근본 조건이다." 사회과학원 문학
연구소, 『북한의 문예이론』, 인동, 1989, 37쪽.

101) 사회과학원 문학연구소, 앞의 책, 1989, 239쪽.

102) 같은 책, 251쪽.

103) 강영주, 『한국역사소설의 재인식』, 창비, 1991, 182쪽.

104) 『갑오농민전쟁』의 제3부를 쓴 것으로 알려져 있는 권영희는 원
래 '이상'의 옛 동거녀였으며, 정인택과 결혼하여 살다가 그와
사별 후 박태원과 다시 결혼한 것으로 알려지고 있다. 『한국일
보』, 1990. 9. 11.

105) 『계명산천은 밝아오느냐』에 이어 『갑오농민전쟁』(제1·2·3
부) 역시 역사 쓰기를 입체화했다는 긍정적 평가를 받았다. 동
시적으로 일어나는 여러 사건들과 그 배경들을 평면적으로 나
열하지 않고 치밀하게 얽어 "서사화폭을 횡적으로 확대"했다
는 것이다. 리창유, 「봉건적 억압을 반대하고 나라의 자주권을
지켜 싸운 농민들의 투쟁을 폭넓게 그린 작품 장편력사소설
『갑오농민전쟁(제1·2·3부)』에 대하여」, 『조선문학』, 1994. 3.

106) 박태원, 『갑오농민전쟁』, 문예출판사, 1991, 3쪽, 4쪽.

107) 최혜실, 「「소설가 구보씨의 일일」에 나타나는 '산책자
(flaneur)' 연구」, 『관악어문연구』 제13집, 1988. 최혜실은 이
글에서 모더니즘 소설의 한 전형으로 '산책자'를 제시하고 있
으며, 박태원의 「소설가 구보씨의 일일」의 구보가 모더니즘의
기반이 된 경성 거리를 통해 산책자로서 도시체험을 하고, 그
체험을 고현학의 창작 방법을 통해 형상화함으로써 식민지 시
대 모더니티를 구현하고 있다고 보았다.

108) 우한용은 「'구보씨'네 자식들의 행로」(『문학정신』 73호, 1992.
12)에서 작중인물을 소설가로 설정하고 소설가가 소설 쓰는 이

야기를 소설 속에 도입하면서 세계의 전체성에 대한 모색 대신 자신의 글쓰기에 대한 존재론적 모색을 실행하고 있는 일련의 소설들을 구보계 소설로 분류하고 있다. 이에 거론되는 작품으로는 함정임의 「오래된 항아리」(『현대문학』, 1992. 1), 이순원의 「그곳엔 비상구가 없다」(『문예중앙』, 1992 봄호), 박일문의 『살아남은 자의 슬픔』(민음사, 1992) 등이 있다.

109) 김종회, 「새로운 문학의 길, 하이퍼텍스트 소설의 도전」, 『한국문화연구』 제5집, 2002. 1, 13쪽.

110) parody의 어원은 희랍어 paradia이다. 접두사 para는 counter (대응하다)와 against(반하다)의 의미를 가지고 있다.

111) 린다 허천, 김상구 · 윤여복 옮김, 『패러디 이론』, 문예출판사, 1992, 57쪽.

112) 김우창, 「남북조시대의 예술가의 초상」, 박태원, 『소설가 구보씨의 일일』, 문학과지성사, 329쪽.

113) 노상래, 「「소설가 구보씨의 일일」들 연구」, 『영남문학연구』 25, 1997, 414쪽.

114) 전체적인 골격에서뿐 아니라 박태원의 작품에서 의도적으로 패러디하거나 패스티지하고 있음이 발견되는데, 우선 「옛날 이야기를…」에서는 박태원의 작품에서와 같이 시점이 바뀐다는 점을 들 수 있다. 박태원의 작품에서는 어머니(1, 2장)→구보로 바뀌는데 반해 「옛날 이야기를…」에서는 구보→어머니→구보의 순으로 시점이 바뀐다. 구보와 어머니와의 대화 내용 등은 박태원의 작품과 거의 흡사하다. 문장을 반점으로 분절하는 것 또한 유사하다. 오경복, 「주인석 '구보'의 세상 읽기와 소설 쓰기」, 『한국어문학연구』 9, 한국외대, 1998.

115) 오경복, 앞의 글, 1998.

116) 파생텍스트라고도 한다. 1960년대 컴퓨터 개척자 테오도르 넬슨(Theodore Nelson)이 'hyper(건너편의 · 초월 · 과도한)'와 'text'를 합성하여 만든 컴퓨터 및 인터넷 관련 용어이다. 일반 문서나 텍스트는 사용자의 필요나 사고의 흐름과 무관하게 계속 일정한 정보를 순차적으로 얻을 수 있지만, 하이퍼텍스트는 사용자가 연상하는 순서에 따라 원하는 정보를 얻을 수 있는 시스템이다. 즉, 문장 중의 어구나 단어, 그리고 표제어를 모은 목차 등이 서로 관련된 문자데이터 파일로서, 각 노드(node)들이 연결된 네트워크로 구성되어 효율적인 정보검색에 적당하다. 여기서 노드는 하이퍼텍스트의 가장 기초적인 정보단위를 말한다. 하이퍼 링크(hyper link)와 쌍방향성이라는 컴퓨터의 특성을 결합한 것으로 독자들이 기존 텍스트의 선형성(線形性) · 고정성 · 유한성의 제약에서 벗어날 수 있는 개념이다. 실제로 독자들은 한 텍스트 안에서 건너뛰어 읽거나 각주(脚註)로 옮겨가거나 다른 텍스트를 참고하려고 읽기를 멈추거나 아니면 다른 텍스트가 더 좋을 듯 싶어 읽기를 포기하는 일 등을 언제나 자유로이 할 수 있다. 이는 컴퓨터와 현대적인 소프트웨어가 많이 도입되면서 텍스트의 이동능력, 즉 한 블록에서 다른 블록으로 옮겨가는 능력이 크게 향상된 것에 힘입고 있다. 미국 작가 조지 P. 랜도(George P. Landow)는 저서 『하이퍼텍스트』(*Hypertext*, 1992)에서 탈중심화(decentering)의 기획, 상호텍스트성(intertextuality)의 개념, 쓰기좋은 텍스트(writerlytext), 선형적 · 고정적 텍스트의 탈피 등과 같은 이론적 개념을 기술적으로 보완한다고 보았다.

박태원 연보

1910년(1세)   1월 6일(음력 1909년 12월 7일), 경성부 다옥정 7번지에서 박용환과 남양 홍씨의 4남 2녀 중 차남으로 태어남.

처음 이름은 등 한쪽에 커다란 점이 있다 하여 점성(點星)으로 지음.

1913년(4세)   11월 21일, 조모(祖母) 장수(長水) 황씨(黃氏) 사망함.

1916년(7세)   큰할아버지 박규병으로부터 천자문과 통감(通鑑) 등 한문 수업을 받기 시작함.

1918년(9세)   8월 14일, 태원(泰遠)으로 개명.

『춘향전』, 『심청전』, 『소대성전』 등을 탐독하고 고소설을 섭렵함.

경성사범부속보통학교(4년제) 입학.

1922년(13세)   경성사범부속보통학교 졸업.

경성제일공립보통학교 입학.

1923년(14세)   4월 15일, 『동명』 '소년칼럼'에 작문 「달마지」 당선.

문학서클을 만들어 창작 활동에 몰두함.

1926년(17세)   양의사인 숙부 박용남과 여학교 교사인 고모 박용일의 소개로 춘원 이광수에게 지도를 받게 됨.

3월, 『조선문단』에 시 「누님」이 당선됨으로써 문단 데뷔.

필명 박태원(泊太苑) 사용.

『동아일보』, 『신생』 등에 시·평론 등을 발표함.

고리키·투르게네프·톨스토이·셰익스피어·유고·모파상·하이네 등의 서양문학에 심취하기 시작함.

1927년(18세) 제일고보 휴학, 문학활동에만 전념.

숙부 박용남과 고모 박용일의 주선으로 백화(白華)에게 사사(師事).

1928년(19세) 3월 15일, 아버지 사망. 큰형 진원이 가업인 약국을 물려받음.

제일고보 복학.

소설 「최후의 모습」을 씀.

1929년(20세) 3월 17일, 제일고보 졸업(25회).

도쿄 호세이대학 예과 입학.

12월, 박태원(泊太苑), 몽보(夢甫)라는 필명으로 소설·시·평론·번역 등을 발표.

『신생』에 시 「외로움」을 발표하는 한편 『동아일보』에 소설 「해하의 일야」 등을 연재하기 시작.

콩트 「최후의 모욕」(『동아일보』, 11. 12)을 씀.

1930년(21세) 도쿄 호세이대학 예과 2학년 중퇴 후 귀국.

영화·미술·음악 등 서양 예술 전반과 신심리주의 문학에 경도.

『신생』 10월호에 단편 「수염」을 발표하여 본격적으로 문단에 데뷔함.

도쿄 유학생활에 관한 것은 소설 「반년간」에 잘 반영되어 있음.

「적멸」을 『동아일보』(2. 3~3. 1)에 연재, 삽화를 자신이 직접 그림.

「꿈」(『동아일보』, 11. 5~12) 발표.

1933년(24세)　조용만의 추천으로 이상 · 이태준 · 정지용 · 김기림 · 조용만 · 이효석과 함께 구인회에 가입.

「반년간」을 『동아일보』(6. 15~8. 20)에 발표, 13회까지는 청전(靑田)이 삽화를 그리고 14회부터 자신이 직접 삽화 그림.

1934년(25세)　10월 27일, 경주 김씨 김중하(한약국 '수민제중원' 경영)의 무남독녀 김정애와 결혼. 김정애는 숙명여고를 수석으로 졸업하고 경성사범학교 여자연습과를 졸업하고(1931년) 국민학교 교사로 재직 중이었음.

「소설가 구보씨의 일일」(『조선중앙일보』, 8. 1~9. 1), 「딱한 사람들」(『중앙』 11), 「애욕」(『조선중앙일보』, 10. 16~23), 「창작여록―표현, 묘사, 기교」발표, 구인회 주최 문학공개강좌에서 「언어와 문장」 강연.

1935년(26세)　종로 6가로 분가. 구인회 주최 '조선신문예강좌'에서 「소설과 기교」, 「소설의 감상」 강연.

『조선중앙일보』에 장편소설 『청춘송』을 연재.

『개벽』에 「길은 어둡고」를 발표.

「거리」(『신인문학』 11), 「비량」(『중앙』 1권 2호) 발표.

시 「병원」(『카톨릭청년』 3권 2호) 발표.

1936년(27세)	1월 16일, 오후 4시 15분 동대문 부인병원에서 맏딸 설영(雪英) 출생.
	「천변풍경」(『조광』 2권 8~10호) 연재, 「방란장주인」, 「비량」, 「진통」, 「보고」 등 많은 소설을 발표.
1937년(28세)	관동(현재의 교북동) 12-4로 이사. 7월 30일 둘째딸 소영(小英) 출생.
	「여관주인과 여배우」(『백광』 6호), 「성탄제」(『여성』 21호) 발표.
	『조광』에 「속 천변풍경」을 연재.
1938년(29세)	「염천」(『요양촌』 3권) 발표.
	『명랑한 전망』을 『매일신보』에 연재.
	단편집 『소설가 구보씨의 일일』(문장사), 『천변풍경』(박문서관) 출간.
1939년(30세)	예지동 121로 이사. 9월 27일(음력 8월 15일)에 맏아들 일영(一英) 출생.
	창작집 『박태원 단편집』 출간, 「이상의 비련」을 『여성』에 「윤초시의 상경」을 『가정(家庭)の우(友)』에 발표. 「골목안」(『문장』 1권 10호) 발표.
	중국소설 번역에 몰두하여 번역집 『지나소설집』(입문사)을 출간.
1940년(31세)	돈암동 487-22로 이사.
	「애경」(『문장』 2권 1~7호) 연재.
1941년(32세)	『매일신보』에 『여인성장』 연재.
	『신역 삼국지』(신시대), 「투도」(『조광』 7권 1호, 번역), 「채가」(『문장』 3권 4호) 발표.
1942년(33세)	1월 15일, 둘째아들 재영(再英) 출생.

장편 『여인성장』, 『군국의 어머니』, 『아름다운 봄』 출간.

『수호전』(『조광』 8권 8호～10권 12호) 번역.

1944년(35세)　『서유기』, 『신시대』 번역 연재.

1945년(36세)　조선문학건설본부 소설부 중앙위원회 조직 임원으로 선정.

　　　　　　　『매일신보』에 장편 「원구」를 연재하다 76회로 중단.

1946년(37세)　조선문학가동맹 집행위원으로 선정.

　　　　　　　『조선순국열사전』(유문각) 출간.

　　　　　　　『조선주보』에 장편 「약탈자」 연재.

1947년(38세)　7월 24일, 셋째딸 은영(恩英) 출생.

　　　　　　　『약산과 의열단』(백양당), 장편소설 『홍길동전』(조선금융조합연합회) 출간.

1948년(39세)　보도연맹에 가담하여 전향 성명서 발표.

　　　　　　　성북동 39로 이사.

　　　　　　　『이순신 장군』, 단편집 『성탄제』를 을유문화사에서 출간.

　　　　　　　『금은탑』(한성도서) 출간, 『중국소설전』 1, 『중국소설전』 2(정음사) 출간.

1949년(40세)　『조선일보』에 『갑오농민전쟁』의 모태가 된 「군상」을 연재(6. 15～1950. 2. 2)하다가 도중 하차.

　　　　　　　『서울신문』에 「임진왜란」 연재(1. 4～12. 14).

1950년(41세)　6·25 전쟁 중 서울에 온 이태준·안회남·오장환을 따라 월북, 한국전쟁 중 종군기자로 활동함.

　　　　　　　일본에서 서양화를 전공하고 해방 직후 최고의 미술 운동 이론가였던 남동생 문원, 숙명여고 졸업 후

좌익에 참여했던 여동생 경원, 맏딸 설영도 월북하
여 평양서 재회.

1952년(43세) 「조국의 깃발」을 『문학예술』에 발표. 임진조국전쟁
360주년 기념 『리순신장군전』(국립출판사) 출간.

1953년(44세) 평양 문학대학 교수로 재직하며 국립고전예술극장
전속 작가로 활동.

1955년(46세) 조운과 함께 『조선창극집』(국립출판사)을 출간.
야담집 『정수동 일화집』(국립출판사) 출간.

1956년(47세) 정인택의 미망인 권영희와 재혼.
남로당 계열로 몰려 숙청당해 작품 활동 금지됨.
『갑오농민전쟁』을 16부작으로 구상하고 농민전쟁
에 관련된 자료들을 수집·정리하기 시작함.

1959년(50세) 『리순신장군이야기』(국립출판사) 출간.
『리순신장군전』, 『심청전』, 『삼국연의』 6권(국립출
판사) 출간.

1960년(51세) 작가로 복귀, 「싸워라! 내 사랑하는 아들딸들아」를
『문학신문』(1960. 11. 29)에 발표.
『임진조국전쟁』(문학예술서적출판사), 『남조선 농민
들의 비참한 생활 형편』(조선 노동당출판사) 출간.

1961년(52세) 「로동당 시대의 작가로서」(『문학신문』, 5. 1)를 통
해 『갑오농민전쟁』의 구체적인 구상을 소개하고 본
격적인 역사소설을 쓰겠다는 의지를 밝힘.
「옛친구에게 주는 글」(『문학신문』, 5. 26)을 통해
남한 정치를 비판함.

1962년(53세) 문학신문에 「을지문덕」(5. 20), 「김유신」(5. 29~
6. 11), 「김생」(6. 8), 「연개소문」(6. 15), 「박제상」

(6. 19),「구진천」(7. 6) 발표.

남쪽의 벗, 작가 '정형'에게 보내는 편지형식의 글인 「지조를 굽히지 말라」(『문학신문』, 12. 28) 발표.

1964년(55세)   '혁명적 대창작 그루빠'의 통제 아래,『갑오농민전쟁』의 전편에 해당하며 함평·익산 민란 등을 다룬 대하역사소설 『계명산천은 밝아오느냐』를 집필, 「삼천만의 념원」(북남서신왕래)(『문학신문』, 12. 24) 발표.

1965년(56세)   망막염으로 실명.

장편소설 『계명산천은 밝아오느냐』1부 1권(문예출판사) 출간.

1972년(63세)   뇌출혈(1차) 반신 불수 후, 원고지 모양의 특수틀을 이용, 원고를 쓰다가 부인 권영희에게 구술하는 것을 받아쓰게 함.

1976년(67세)   뇌출혈(2차)로 전신 불수와 언어 장애의 불운이 겹침.

1977년(68세)   4월 15일, 장편소설 『갑오농민전쟁』1부(문예출판사) 출간.

1979년(70세)   국기훈장 1급 수여와 70회 생일상 하사.

1980년(71세)   4월 15일, 장편소설 『갑오농민전쟁』2부(문예출판사) 출간.

10월, 잡지 『청년문학』에 수기 「당의 따사로운 손길」발표.

1981년(72세)   구술 능력 상실.

7월, 잡지 『조선문학』에 수기 「나의 작가 수첩에서」발표.

1986년(77세)   7월 10일(음력 6월 4일), 저녁 9시 30분 평양시 중

	구역 대동문동 25반에서 사망(북한『조선문학』7월
	호 발표).
	12월 20일, 장편소설『갑오농민전쟁』3부가 박태
	원·권영희 공저로 하여 문예출판사에서 간행.
1999년	9월 3일, 최고인민회의 상임위원회에서 애국렬사
	로 승인하여 평양 신미리 렬사능으로 이장함.

※ 북쪽에서의 연보는 2005년 12월 12일 베이징 혜교호텔에서 있었던 '『갑오농민전쟁』의 문학적 형상화에 대한 국제학술회의'시 북측 인솔단장인 박길남 부교수(사회과학원 주체문학연구소 실장)의 자료를 토대로 박태원의 차남 박재영이 정리한 것과, 장녀 박설영(평양기계대하 영문학 교수) 및 의붓딸 정태은의 기록에 의함.

작품목록

제목	게재지 · 출판사	연도

■월북 전 소설

제목	게재지 · 출판사	연도
무명지	동아일보	1929. 11. 10
최후의 모욕	동아일보	1929. 11. 12
적멸	동아일보	1930. 2. 5~ 3. 1(전23회)
수염	신생(3권 10호)	1930. 10
꿈	동아일보	1930. 11. 5~12(전7회)
행인	신생(3권 12호)	1930. 12
회개한 죄인	신생(4권 2호)	1931. 2
옆집 색시	신가정(1권 2호)	1933. 2
사흘 굶은 봄ㅅ달	신동아(3권 4호)	1933. 4
피로―어느 반일의 기록		
	여명(1권 3호)	1933. 7
반년간	동아일보	1933. 6. 15~8. 20(전5회)
누이	신가정(1권 8호)	1933. 8
오월의 훈풍	조선문학	1933. 10

낙조	매일신보	1933. 12. 8~12. 29
식객 오참봉	월간매신	1934. 6
소설가 구보씨의 일일		
	조선중앙일보	1934. 8. 1~9. 1
딱한 사람들	중앙(2권 9호)	1934. 9
애욕	조선일보	1934. 10. 16~10. 19
청춘송	조선중앙일보	1935. 2. 7~5. 18
길은 어둡고	개벽(2권 2호)	1935. 3
제비	조선중앙일보	1935. 2. 22~23
전말	조광(1권 12호)	1935. 12
구혼	학등(4권 1호)	1936. 1
거리	신인문학(11호)	1936. 1
철책	매일신보	1936. 2. 25
비량	중앙(1권 2호)	1936. 3
악마	조광(2권 3호, 4호)	1936. 3~4(전2회)
방란장주인―성군중의 하나		
	시와 소설(1권 1호)	1936. 3
진통	여성(1권 2호)	1936. 5
최후의 억만장자	조선일보	1936. 6. 25~30(전5회)
천변풍경	조광(2권 8호~10호)	1936. 8~9(전3회)
보고	여성	1936. 9
향수	여성(1권 7호)	1936. 11
속 천변풍경	조광(3권 1호~9호)	1937. 1~9(전9회)
여관주인과 여배우	백광(6호)	1937. 6
성군	조광(3권 11호)	1937. 11
수풍금	여성(2권 11호)	1937. 11

성탄제	여성(2권 12호)	1937. 12
우맹	조선일보	1938. 4. 7~1939. 2. 1(전219회)
소년 탐정단	소년	1938. 6~11(전6회)
염천	요양촌(3권)	1938. 10
만인의 행복	가정の우(9호~11호)	1939. 4~6
명랑한 전망	매일신보	1939. 4. 5~5. 21
미녀도	조광(5권 7호~12호)	1939. 7~12
최노인전초록	문장(1권 7호)	1939. 7
골목안	문장(1권 7호)	1939. 7
음우(陰雨)	문장(1권 9호, 10호)	1939. 9~10(전2회)
음우(湮雨)	조광(6권 10호)	1940. 10
점경	가정の우	1940. 11~1941. 2
애경	문장	1940. 1~9, 1940. 11
	(2권 1호~7호, 2권 9호)	
투도(偸盜)	조광(7권 1호)	1941. 1
사계와 남매	신시대	1941. 1~2
아세아의 여명	조광(7권 2호)	1941. 2
채가	문장(3권 4호)	1941. 4
우산	백광	1941. 5
재운	춘추(2권 7호)	1941. 8
여인성장	매일신보	1941. 8. 1~1942. 2. 9
원구(元寇)	매일신보	1945. 5. 16~8. 14(전76회)
한양성	여성문화(1권 1호)	1946. 12
약탈자	조선주보 7(2권 1호)	1946. 1
춘보	신문학(3호)	1946. 8
태평성대	경향신문	1946. 11. 18~12. 31

임진왜란	서울신문	1949. 1. 4~12. 14(전273회)
군상(群像)	조선일보	1949. 6. 15~1950. 2. 2
		(전193회, 제1부 완성)
오남매	미확인	

■ 월북 전 시

누님	조선문단(3권 1호)	1926. 3
떠나기 전	신민(2권 12호)	1926. 12
아들의 불으는 노래	현대평론(1권 4호)	1927. 5
힘 ―시골에서―	현대평론(1권 4호)	1927. 5
외로움	신생(2권 12호)	1929. 12
창	동아일보	1930. 1. 17
수수껵기	동아일보	1930. 1. 19
실 제	동아일보	1930. 1. 22
한 길	동아일보	1930. 1. 23
동모에게	동아일보	1930. 1. 24
동모에게	동아일보	1930. 1. 26
휘파람	동아일보	1930. 1. 28
소곡(小曲)	동아일보	1930. 2. 2
이국억형외 2편	신생(4권 2호)	1931. 2
녹음	신동아(3권 6호)	1933. 6
병원	가톨릭청년(3권 2호)	1935. 2

■ 월북 전 평론

묵상록을 읽고	조선문단(3권 1호)	1926. 3
초하창작평	동아일보	1929. 6. 12~18
아바데이에프의 소설「회멸」		
	동아일보	1932. 4. 20
린벤딘스키의 작 소설「일주일」		
	동아일보	1931. 4. 27
꼬라토코프작 소설「세멘트」		
	동아일보	1931. 7. 6
언문조선구전민요집 편자의 고심과 간행자의 의기		
	미확인	
소설을 위하여	매일신보	1933. 9. 20
평론가에게―문예시평		
	매일신보	1933. 9. 21
9월 창작평―문예시평		
	매일신보	1933. 9. 22~
		9. 23, 9. 26~10. 1(전10회)
3월 창작평	조선중앙일보	1933. 3. 26~3. 31
김동인씨에게	조선중앙일보	1934. 6. 24
이태준 단편집『달밤』을 읽고		
	조선일보	1934. 7. 26~7. 27
창작여록―표현묘사기교		
	조선중앙일보	1934. 12. 17~12. 31
주로 창작에서 본 1934년 조선문단		
	중앙(2권 12호)	1934. 12

신춘작품을 중심으로 작품개관

| | 조선중앙일보 | 1935. 1. 2 |

작가의 진정서자작「빈교행」

| | 조선일보 | 1937. 8. 15 |

내 예술에 대한 항변 ― 작품과 비평가의 책임

| | 조선일보 | 1937. 8. 15 |

| 다작의 변 | 조선일보 | 1938. 1. 26 |

우리는 한갓 부끄럽다 ― 작품과 비평가의 책임

	조선일보	1938. 2. 8
이광수 단편선	박문(2권 8호)	1939. 9
작가가 본 창작계	조선일보	1940. 1. 1 ~1. 2 (전2회)

■ 월북 전 수필

달맞이(영월)	동명(2권 16호)	1923. 4
시문잡감	조선문단(4권 1호)	1927. 1
병상잡설	조선문단	1927. 4
기호품일람표(상·하)		
	조선문단	1930. 3. 18. 3. 25
초하풍경	신생(3권 6호)	1930. 6
편신	동아일보	1930. 9. 26
영일 만담	신생(4권 7. 8호)	1931. 7
어느 문학소녀에게	신가정(1권 4호)	1933. 4
꿈 못꾼 이야기	신동아(4권 2호)	1934. 2
유월의 우울	중앙(2권 6호)	1934. 6
조선문학건설회	중앙(2권 8호)	1934. 8

조선문학건설회나 조선작가수호회를

	중앙(2권 8호)	1935. 1. 2
궁항매문기	조선일보	1935. 1. 18~1. 19
화단의 가을	조선일보	1935. 10. 30~11. 1
옆집 중학생	중앙(4권 1호)	1936. 1

내 자란 서울서 문학도를 닥다가

	조광(2권 2호)	1936. 2
R씨와 도야지	조광 (2권 2호)	1936. 2

문학소년의 일기―구보가 아즉 박태원일 때

	중앙(4권 4호)	1936. 4
이상 애사(李箱哀史)	조선일보	1936. 4. 22
두꺼비집	조선일보	1936. 5. 28
고등어	조선일보	1936. 5. 29

죄수(罪囚)와 상여(喪輿)

	조선일보	1936. 5. 30

모화관(慕華館) 이용두성(里龍頭星)

	조선일보	1936. 5. 31
불운한 할멈	조선일보	1936. 6. 2

나의 생활보고서―소설가 구보씨의 일일

	조선문단(4권 4호)	1936. 7. 19

계절(季節)의 청유(淸遊)

	중앙(4권 9호)	1936. 9
바다ㅅ가의 노래	여성(2권 8호)	1937. 8

감리교 총리사 양주삼씨

	조광(3권 4호)	1937. 5
유정과 나	조광(3권 5호)	1937. 5

고 유정군과 「엽서」	백광(5호)	1937. 5
이상의 편모	조광(3권 6호)	1937. 6
순정을 짓밟은 춘자	조광(3권 10호)	1937. 10
허영심 많은 것	조광(3권 12호)	1937. 12
성문의 매혹	조광(4권 2호)	1938. 2
여백을 위한 잡담	박문(2권 3호)	1939. 3
축견무용(畜犬無用)의 변(辯)		
	문장(1권 4호)	1939. 5
김기림 형에게	여성(4권 5호)	1939. 5
이상의 비련	여성(4권 5호)	1939. 5
항간잡필	박문(2권 9호)	1939. 9
잡설	문장(1권 8호)	1939. 9
잡설	문장(1권 11호)	1939. 11
결혼오년의 감상	여성(4권 12호)	1939. 12
바둑이	박문(2권 8호)	1939. 10
신변잡기	박문(2권 10호)	1939. 12
춘향전 탐독은 이미 취학이전		
	문장(2권 2호)	1940. 2
만원전차	박문(3권 4호)	1940. 2
그의 감상	태양(1권 2호~3호)	1940. 2~3

■ **월북 전 번역 · 번안 등**

해하(垓下)의 일야(一夜)		
	동아일보	1929. 12. 17~12. 24(전8회)
한시역초(漢詩譯抄)	신생(3권 2호)	1930. 2

이리야스(톨스토이) 신생(3권 9호)		1930. 9
세가지 문제(톨스토이)		
	신생(3권 11호)	1930. 11
바보 이반(톨스토이) 동아일보		1930. 12. 6~12. 24(전18회)
「하스코프」에 열린 혁명작가회의		
	동아일보	1931. 5. 6~5. 10(전5회)
나팔	신생(4권 6호)	1931. 6. 1
도살자(헤밍웨이) 동아일보		1931. 7. 19~7. 31(전7회)
봄의 파종(리얼 오우푸래히티)		
	동아일보	1931. 8. 1~8. 6(전4회)
쪼세핀(리얼 오우푸래히티)		
	동아일보	1931. 8. 7~8. 15(전6회)
차 한잔(캐더린 맨스필드)		
	동아일보	1931. 1. 25~12. 10(전5회)
방랑아 쮸리앙	매일신보	1933. 4. 7~5. 9
숫곱	매일신보	1935. 10. 27~(상), 11. 3(하)
요술꾼과 복숭아	소년	1938. 1
오양피	야담(4권 1호)	1938. 1
손무자병법외전	야담(4권 2호)	1938. 2
매유랑	조광(4권 2호)	1938. 2
두십랑	야담(4권 3호)	1938. 3
황감자	야담(4권 7호)	1938. 7
부용병	야담(4권 8호)	1938. 8
망국조	사해공론(4권 8호)	1938. 8
온 몸에 오리털이 난 사내		
	소년	1939. 6

도사와 배장수	소년	1939. 9
전후직	소년	1940. 10
회피패	신세기	1941. 4
신역 삼국지	신시대	1941. 5~
파리의 괴도(프레데릭)		
	조광사	1941. 8
수호전	조광(8권 8호~	1942. 8. 10/1943. 1, 2, 7,
	10권 12호)	8, 10, 12/1944. 1~12)
침중기	춘추(3권 7호)	1943. 7
서유기	신시대	1944. 12
비령자(趙寧子)	삼천리	1946. 7
이순신장군	아협	1948. 6
귀의 비극	신천지(8호)	1948. 8
이충무공행록	을유문화사	1948. 8

■ 월북 후 작품

조국의 깃발(소설)	문학예술	1952. 4~6(전3회)
리순신장군	로동신문	1952. 6. 3~14
리순신장군이야기	국립출판사	1955. 12. 20
조선창극집(조운과 공동작품)		
	국립출판사	1955
정수동 일화집	국립출판사	1955
야담집	국립출판사	1995
심청전	문학예술서적출판사	1958
삼국연의	문학예술서적출판사	1959

이순신장군전	국립출판사	1959
만화 갑오농민전쟁. 그림: 홍종원		
	국립미술출판사	1960. 2. 20
임진조국전쟁	문학예술서적출판사	1960. 10. 15
남조선인민들의 비참한생활형편		
	조선노동당출판사	1960
싸우라! 내 사랑하는 아들 딸들아		
	문학신문	1960. 11. 29
로동당 시대의 작가로서(수기)		
	문학신문	1961. 5. 1
을지문덕	문학신문	1961. 5. 22
옛친구에게 주는 글	문학신문	1962. 5. 26
김유신	문학신문	1962. 5. 29~6. 1 (2회)
김생	문학신문	1962. 6. 8
연개소문	문학신문	1962. 6. 15
박제상	문학신문	1962. 6. 19
구진천	문학신문	1962. 7. 6
지조를 굽히지 말라(서신)		
	문학신문	1962. 12. 28
삼천만의 염원	문학신문	1964. 1. 24
계명산천은 밝아오느냐 1부 1권		
	문예출판사	1965
계명산천은 밝아오느냐 1부 2권		
	문예출판사	1966
갑오농민전쟁 제1부	문예출판사	1974
갑오농민전쟁 제2부	문예출판사	1980

갑오농민전쟁 제3부	문예출판사	1986

■ 작품집

소설가 구보씨의 일일

	문장사	1938. 12. 7
천변풍경	박문서관	1938. 3(1차), 1947. 5. 1(2차)
지나 소설집	합자회사 인문사	1939. 4. 17
여인성장	매일신보사	1942
군국의 어머니	조광사	1942
아름다운 봄	영창서관	1942
중국동화집	정음사	1946
중등문법	정음사	1946
조선독립순국열사전	유문각	1946
약산과 의열단	백양당	1947. 1
홍길동전	조선금융조합연합회	1947. 11
성탄제	을유문화사	1948. 2. 10
중국소설선 I	정음사	1948. 2. 11
중국소설선 II	정음사	1948. 3. 20
금은탑	한성도서	1948
수호지	정음사	
삼국지	정음사	
리순신장군전	국립출판사	1959
조선창극집	국립출판사	1953
리순신장군이야기	국립출판사	1955
정수동 일화집	국립출판사	1955

야담집	국립출판사	1955
심청전	문학예술서적출판사	1958
삼국연의	문학예술서적출판사	1959

만화 갑오농민전쟁, 그림: 홍종원

	국립미술출판사	1960. 2. 20
임진조국전쟁	문학예술서적출판사	1960

계명산천은 밝아오느냐 1부 1권

	문예출판사	1965

계명산천은 밝아오느냐 1부 2권

	문예출판사	1966
갑오농민전쟁 제1부	문예출판사	1974
갑오농민전쟁 제2부	문예출판사	1980
갑오농민전쟁 제3부	문예출판사	1986

연구서지

강동협, 「박태원 소설연구」, 단국대 석사학위논문, 1998.

강상희, 「박태원 문학연구」, 서울대 석사학위논문, 1990.

강영주, 「한국 역사소설의 재인식」, 창비, 1991.

강진호, 「구인회의 문학적 의미와 성격」, 『박태원 소설연구』, 깊은샘, 1995.

강진희, 「박태원의 「소설가 구보씨의 일일」에 나타난 근대성 연구」, 교원대 석사학위논문, 1997.

강헌국, 「박태원 소설의 서사구조」, 『박태원 소설연구』, 깊은샘, 1995.

강현구, 「박태원 소설연구」, 고려대 박사학위논문, 1991.

강혜원, 「박태원 소설의 서술구조 분석」, 이화여대 석사학위논문, 1988.

공종구, 「박태원 소설의 서사지평 연구」, 전남대 박사학위논문, 1992.

_____, 「통속적인 연애담의 의미」, 『박태원 소설연구』, 깊은샘, 1995.

구수경, 「박태원 단편소설 연구」, 『어문연구』 18집, 어문연구회, 1988.

권영민, 「모더니스트 박태원, 의문의 북행」, 『월간경향』, 1988. 12.

_____, 「박태원의 도시적 감성과 소설적 상상력」, 『한국해금작가선집』 14, 삼성출판사, 1988.

김겸향, 「박태원 소설에 나타난 이중적 목소리―삼인칭 소설을 중심으로」, 『2006년 학술대회 자료집』, 국제한인문학회·구보학회, 2006. 6.

김교봉, 「박태원 『천변풍경』 연구」, 『1930년대 민족문학의 인식』, 한길사, 1990.

김남천, 「세태 풍속 묘사 기타」, 『비판』, 1938. 5.

_____, 「세태와 풍속」, 『동아일보』, 1938. 10. 14~25.

_____, 「殺人作家」, 『박문』 10호, 1939. 8.

_____, 「소화14년도 문단의 동태와 성과―산문문학의 1년간」, 『인문평론』, 1939. 12.

_____, 「추수기의 작단―10월 창작평」, 『문장』 2권 9호, 1940. 11.

김동진, 「박태원 『천변풍경』 연구」, 국민대 석사학위논문, 2002.

김두용, 「문단동향의 타진―구인회에 대한 비판」, 『동아일보』, 1935. 7. 28~8. 1.

김명석, 「박태원 단편소설 연구」, 연세대 석사학위논문, 1990.

_____, 「역사소설 작가와 역사의식」, 『개신어문연구』 제14집, 1997.

김문집, 「문단인물지―박태원」, 『사해공론』, 1939. 5.

_____, 「회작가 박태원」, 『조선문학』, 1939. 5.

김미아, 「박태원 소설의 도시성 연구」, 전남대 석사학위논문, 1998.

김병규, 「구보의 『임진왜란』에 대하여―역사문학에 있어서의 사관 문제」, 『신천지』 제4권 5호, 1949.

김봉진, 「박태원 소설연구」, 한양대 박사학위논문, 1992.

김상태, 「박태원론―열려진 언어 속에 담긴 내면풍경」, 『현대문학』, 1990. 4.

_____, 「박태원과 모더니즘」, 『박태원과 문화컨텐츠』(한국구보학회 창립총회 및 발표대회 자료집), 2005. 6.

김성수, 「구보 박태원론」, 『수선논집』 제12집, 1987.

김성아, 「박태원 소설연구」, 중앙대 석사학위논문, 1997.

김소연, 「박태원 소설연구」, 효성여대 석사학위논문, 1991.

김수현, 「1930년대 박태원 소설연구」, 전북대 석사학위논문, 2004.

김양석, 「기성작가와 신진작가―그 차이는 어데 있을까」, 『조선문
　　단』 속간2호, 1935. 4.

김영숙, 「박태원 소설연구」, 서울대 석사학위논문, 1988.

김용희, 「『천변풍경』에 나타난 소시민들의 리얼리즘」, 『이화어문논
　　집』 제5집, 1982.

김윤식, 「고현학의 방법론―박태원을 중심으로」, 『한국문학의 리얼
　　리즘과 모더니즘』, 민음사, 1989.

＿＿＿, 「『갑오농민전쟁』론」, 『동서문학』, 1989 가을호.

＿＿＿, 「박태원론―모더니즘과 리얼리즘의 관련양상」, 『한국현대
　　현실주의 소설연구』, 문학과지성사, 1990.

김은자, 「박태원 소설의 작중인물 연구」, 충남대 석사학위논문,
　　1990.

김이구, 「박태원 소설의 공간 형식 연구」, 서강대 석사학위논문,
　　1999.

김정원, 「박태원의 모더니즘 소설 연구」, 연세대 석사학위논문,
　　1992.

김종욱, 「구보 박태원의 소설로 그린 이상과 그의 여인들―「애욕」
　　「제비」에 대하여」, 『문학사상』, 1988. 8. 별책부록.

＿＿＿, 「「소설가 구보씨의 일일」에 나타난 자아와 지속적 시간」,
　　『한국문학과 모더니즘』, 한양출판사, 1994.

＿＿＿, 「일상성과 역사성의 만남―박태원의 역사소설」, 『박태원 소
　　설연구』, 깊은샘, 1995.

김종회, 「이념의 강압에 대한 북한문학의 반응 양상—박태원의 「조국의 깃발」 발굴에 부쳐」, 『문학사상』, 2005. 6.

_____, 「박태원의 초기 소설 고찰」, 『박태원과 문화컨텐츠』(한국구보학회 창립총회 및 발표대회 자료집), 2005. 6.

김중하, 「박태원시고」, 『세계의 문학』, 1988 가을호.

김태진, 「박태원 소설의 공간 구조 연구」, 서강대 석사학위논문, 2001.

김팔봉, 「1933년의 문학계―단편창작 76편」, 『신동아』, 1933. 11.

김학면, 「파시즘 도래기의 박태원 소설에 나타난 '시선'과 '기억'」, 국제한인문학회 · 구보학회, 『2006년 학술대회 자료집』, 2006. 6.

김홍식, 「박태원 소설 담론의 특성 연구」, 조선대 박사학위논문, 1999.

김헌규, 「박태원 소설연구」, 서울시립대 석사학위논문, 1995.

김환태, 「금년의 창작계 ―瞥」, 『조광』, 1936. 12.

나병철, 「박태원의 모더니즘적 소설 연구」, 『연세어문학』 제21집, 1988.

_____, 「박태원 소설의 미적 모더니즘과 근대성」, 『박태원 소설연구』, 깊은샘, 1995.

나은진, 「박태원 소설의 기호학적 의미구조론」, 이화여대 석사학위논문, 1992.

_____, 「박태원 소설과 예술가 소설의 계보」, 『박태원과 문화컨텐츠』(한국구보학회 창립총회 및 발표대회 자료집), 2005. 6.

남갑숙, 「박태원 소설연구」, 인하대 석사학위논문, 1994.

남기준, 「박태원 소설연구」, 국민대 석사학위논문, 1999.

류보선, 「모더니즘적 이념의 극복과 영웅성의 세계―박태원의 『갑오농민전쟁』」, 『문학정신』, 1993. 2.

_____, 「이상과 어머니, 근대와 전근대―박태원 소설의 두좌표」, 『박태원 소설연구』, 깊은샘, 1995.

류수연, 「박태원의 고현학적 창작기법 연구」, 인하대 석사학위논문,

2003.

마키세 아키코, 「사회사로서의 『천변풍경』」, 『박태원과 문화컨텐츠』 (한국구보학회 창립총회 및 발표대회 자료집), 2005. 6.

명형대, 「박태원 소설의 공간시학」, 『겨레문학』, 1990.

_____, 「1930년대 한국 모더니즘 소설의 공간 구조 연구」, 부산대 박사학위논문, 1991.

문흥술, 「의사(疑似) 탈근대성과 모더니즘―박태원론」, 『외국문학』, 1994.

박남철, 「박태원 소설연구」, 『한양어문연구』 제4집, 1986.

박미경, 「박태원의 『천변풍경』 연구」, 건국대 석사학위논문, 1988.

_____, 「박태원 소설에 나타난 현실 대응 양상」, 전남대 석사학위논문, 1995.

박배식, 「박태원의 해방전 소설연구」, 세종대 박사학위논문, 1992.

박상미, 「박태원 소설연구」, 국민대 석사학위논문, 1995.

박세웅, 「박태원의 『천변풍경』 연구」, 경남대 석사학위논문, 1995.

박승극, 「조선문단의 회고와 비판―작금의 정황을 주로하야」, 『신인문학』, 1935. 3.

_____, 「조선문학의 재건설―상반기 창작 및 평론의 비판과 일반 문학 문제에 대한 討究」, 『신동아』 5권 6호, 1935. 6.

_____, 「문예시론―구인회란 무엇인가」, 『조선중앙』, 1935. 11. 6~7.

박영희, 「初秋의 文藝(4)―9월 창작평과 약간의 時評」, 『조선일보』, 1934. 9. 19.

박윤우, 「박태원론」, 『선청어문』 제13집, 1982.

박종화, 「신간총평―『천변풍경』을 읽고」, 『박문』 6호, 1939. 3.

박지영, 「박태원 초기 단편소설연구」, 동국대 석사학위논문, 2003.

박창범, 「박태원 소설연구」, 한림대 석사학위논문, 1999.

백　철, 「최근의 창작평―세개의 신변소설」, 『조선일보』, 1933. 9.
　　　17.

_____, 「사조 중심으로 본 33년도 문학계」, 『조선일보』, 1933. 12.
　　　21.

_____, 「1933년 창작계 총결산(4)」, 『조선일보』, 1934. 1. 4.

_____, 「리얼리즘의 재고―그 앤티후먼의 경향에 대하야」, 『사해공
　　　론』, 1937. 1.

_____, 「현문학이 가져야 할 주장과 이상」, 『동아일보』, 1938. 12.
　　　11~21.

_____, 「구인회시대와 박태원의 '모더니티'」, 『동아춘추』, 1963. 4.

서덕순, 「박태원의 『갑오농민전쟁』 연구―세계인식과 창작기법을
　　　중심으로」, 경희대 박사학위논문, 1996.

서은주, 「고독을 통한 행복에의 열망―소설가 주인공 소설을 대상
　　　으로」, 『박태원 소설연구』, 깊은샘, 1995.

석영명, 「박태원의 『천변풍경』 연구」, 건국대 석사학위논문, 1995.

손광식, 「박태원 소설연구」, 성균관대 박사학위논문, 1999.

손영옥, 「『천변풍경』 연구」, 경남대 석사학위논문, 1990.

손화숙, 「영화적 기법의 수용과 작가의식―「소설가 구보씨의 일일」
　　　과 『천변풍경』을 중심으로」, 『박태원 소설연구』, 깊은샘, 1995.

송문숙, 「박태원 소설연구」, 효성여대 석사학위논문, 1994.

송　영, 「작가로서의 一言―泊太苑氏에게」, 『조선일보』, 1929. 6. 21~
　　　26.

신동욱, 「박태원 소설에 나타난 내성적 서술자의 미적 기능과 지식
　　　인의 좌절의식」, 『현대문학』, 1994. 6.

신동한, 「박태원론」, 『월간문학』, 1988. 6.

_____, 「『갑오농민전쟁』론」, 『남북문학의 비평적 조명』, 백문사,

1990.

신소영, 「박태원 소설연구」, 국민대 석사학위논문, 1996.

신재성, 「박태원의 『천변풍경』론」, 정호웅 외, 『장편소설로 보는 새로운 민족문학사』, 열음사, 1993.

신재은, 「1930년대 소설의 지리시학적 연구」, 서강대 석사학위논문, 2002.

심가현, 「『천변풍경』에 나타난 과도기적 양상 연구」, 군산대 석사학위논문, 1999.

심명남, 「『천변풍경』의 인물 연구」, 고려대 석사학위논문, 1996.

안문숙, 「박태원 소설연구」, 효성여대 석사학위논문, 1994.

안석영, 「문인인상기 ― 박태원씨」, 『백광』, 1937. 6.

_____, 「조선문단 30년 측면사 ― 박태원씨의 분장」, 『조광』, 1939. 6.

안숙원, 「박태원의 소설 연구 ― 도립의 시학」, 서강대 박사학위논문, 1993.

_____, 「『천변풍경』의 비교문학적 연구」, 국제한인문학회 · 구보학회, 『2006년 학술대회자료집』, 2006. 6.

안웅호, 「박태원의 소설가 구보씨의 일일」, 청주대 석사학위논문, 1991.

안유정, 「『천변풍경』의 인물 연구」, 한양대 석사학위논문, 1994.

안정민, 「박태원의 소설 근대성 연구」, 부산대 석사학위논문, 1997.

안함광, 「최근의 작품경향」, 『인물평론』, 1940. 7.

안회남, 「현대소설의 성격 ― 최근 창작을 중심으로 하야」, 『조선중앙일보』, 1936. 8. 20.

_____, 「문장론 ― 현역작가들의 기량 ― 그들의 개성과 領分에 관한 소고」, 『조선일보』, 1936. 10. 9.

_____, 「9, 10월 창작평」, 『조선일보』, 1936. 10. 9.

_____, 「북레뷰―박태원 저 「소설가 구보씨의 일일」」, 『동아일보』, 1939. 2.

_____, 「창작계 전망」, 『조광』, 1940. 1.

엄흥섭, 「문예비평의 기본개념과 평가의 교양문제―주로 박태원씨의 시평을 논함(1-3)」, 『조선일보』, 1935. 1. 5.

_____, 「11월 창작평(3)―저조 센티멘탈리즘」, 『조선일보』, 1936. 11. 12.

엄형운, 「「불연속선」과 『천변풍경』의 도시 공간 연구」, 한국외대 석사학위논문, 2001.

오경복, 「박태원 소설의 일인칭 서술상황」, 『이화어문론집』 제12집, 1992.

_____, 「박태원의 서술기법연구」, 이화여대 박사학위논문, 1993.

오성균, 「박태원 소설연구」, 건국대 석사학위논문, 1996.

우정권, 「박태원이 북에서 목메어 부른 "아아! 우리의 어마이들…"」, 『문학사상』, 2005. 5.

_____, 「북한에 간 구보」, 『박태원과 문화컨텐츠』(한국구보학회 창립총회 및 발표대회 자료집), 2005. 6.

우한용, 「박태원 소설의 담론 구조와 기법」, 『표현』 제18집, 1990.

유연주, 「박태원 소설의 방법적 실험에 관한 연구」, 고려대 석사학위논문, 1990.

유진오, 「현문단의 통폐는 리얼리즘의 오인」, 『동아일보』, 1937. 6. 3.

유향순, 「박태원 소설의 공간화 기법 연구」, 동국대 석사학위논문, 1998.

윤강애, 「박태원 소설연구」, 국민대 석사학위논문, 1995.

유정헌, 「박태원 소설연구」, 영남대 박사학위논문, 1991.

_____, 「역사적 사건의 계급적 형상화―『갑오농민전쟁』론」, 『박태
원 소설연구』, 깊은샘, 1995.

_____, 「박태원의 역사소설」, 『박태원과 문화컨텐츠』(한국구보학회
창립총회 및 발표대회 자료집), 2005. 6.

윤치부, 「『천변풍경』의 구조시학」, 『백록어문』 제6집, 제주대국어교
육연구회, 1989.

이강언, 「한국 모더니즘 소설 연구」, 영남대 박사학위논문, 1987.

이경화, 「박태원 소설의 담론 구조 연구」, 관동대 석사학위논문,
1996.

이계옥, 「박태원의 「소설가 구보씨의 일일」연구」, 숙명여대 석사학
위논문, 1990.

이기영, 「문예적 時感數題(2)」, 『조선일보』, 1933. 10. 26.

이명희, 「박태원과 여성의식」, 『박태원 소설연구』, 깊은샘, 1995.

이무영, 「작가가 쓰는 작품평―10월 창작 瞥見(4)」, 『동아일보』,
1933. 10. 21.

이미경, 「『천변풍경』의 영화적 기법 연구」, 서강대 석사학위논문,
1991.

_____, 「박태원의 『천변풍경』 고찰」, 조선대 석사학위논문, 1994.

이미향, 「박태원의 역사소설의 특징―해방 직후 작품을 중심으로」,
『박태원 소설연구』, 깊은샘, 1995.

이미희, 「박태원 소설연구」, 국민대 석사학위논문, 1998.

이상갑, 「전통과 근대의 이율배반성―「금은탑」론」, 1995.

이상경, 「동학농민전쟁과 역사소설」, 『변혁주체와 한국문학』, 역사
비평사, 1990.

_____, 「농민의 시각으로 그려낸 농민전쟁」, 『창작과 비평』, 1994 봄
호.

이석훈, 「속작가 인상기—박태원씨」, 『중앙』, 1936. 5.

이선규, 「박태원의 『천변풍경』 연구」, 성균관대 석사학위논문, 1995.

이선미, 「소설가의 고독과 억압된 욕망—「소설가 구보씨의 일일」
　　론」, 『박태원 소설연구』, 깊은샘, 1995.

이선희, 「작가 조선의 군상—인물과 作風의 인상식 만평-박태원씨」,
　　『조광』, 1936. 4.

이시연, 「『천변풍경』의 리얼리즘 연구」, 동의대 석사학위논문, 1996.

이원조, 「예술계 1년 총관—丁丑 1년간 문예계 총관—주류탐색을
　　한 노정표로서」, 『조광』, 1937. 12.

이유진, 「박태원 소설의 서술 기법 연구」, 우석대 박사학위논문,
　　2002.

이재선, 「1930년대의 도시소설—『천변풍경』에 나타난 박태원의 작
　　품세계」, 『문학사상』, 1988. 8. 별책부록.

＿＿＿, 「박태원 『갑오농민전쟁』론」, 『문학사상』, 1989. 6.

이정옥, 「박태원 소설연구」, 연세대 석사학위논문, 1991.

＿＿＿, 「박태원 소설연구」, 연세대 박사학위논문, 2000.

이정환, 「박태원의 『천변풍경』 연구」, 고려대 석사학위논문, 1999.

이철주, 「북의 예술인」, 계몽사, 1966.

이태준, 「구인회에 대한 난해 기타」, 『조선중앙일보』, 1935. 8. 11.

＿＿＿, 「문예 「대진흥시대」 전망—신춘창작합평」, 『삼천리』, 1939. 4.

이현주, 「박태원의 『천변풍경』 연구」, 연세대 석사학위논문, 1997.

이화진, 「박태원 소설연구」, 성균관대 석사학위논문, 1990.

임무출, 「박태원의 『홍길동전』 연구」, 『영남어문학』 제18집, 1990.

임태영, 「박태원 소설연구」, 성신여대 석사학위논문, 1996.

임　화, 「사실주의의 재인식—새로운 문학적 탐구에 기하야」, 『동아
　　일보』, 1937. 10. 8~14.

_____,「신간평―박태원『천변풍경』」,『조선일보』, 1939. 2. 17.

_____,「7월 창작평(2)―力作「골목안」의 가치」,『조선일보』, 1939. 7. 21.

_____,「최근 소설의 주인공」,『문장』8호, 1939. 9.

_____,「창작계의 1년」,『조광』, 1939. 12.

_____,「세태소설론」,『문학사의 논리』, 학예사, 1940.

장계춘,「月評―구인회와『시와 소설』」,『조선중앙일보』, 1936. 4. 7.

장동욱,「박태원 소설의 변모양상 연구」, 충남대 석사학위논문, 1990.

장수익,「박태원 소설연구」, 서울대 석사학위논문, 1991.

_____,「박태원 소설의 발전과정과 그 의미」,『외국문학』30호, 1992 봄호.

_____,「박태원 소설과 1930년대 서울의 풍속」,『박태원과 문화컨텐츠』(한국구보학회 창립총회 및 발표대회 자료집), 2005. 6.

장중석,「박태원의『천변풍경』연구」, 한남대 석사학위논문, 1991.

정덕준,「박태원 소설에서의 도시적 삶」,『한국현대소설연구』, 새문사, 1990.

_____,「박태원 소설의 시간―현재화된 과거」,『한림대 어문집』제9집, 1991.

정순진,「「소설가 구보씨의 일일」에 나타나는 현실인식 고찰」,『어문연구』제16집, 1987.

정영선,「박태원의『천변풍경』연구」, 영남대 석사학위논문, 1991.

정현숙,「박태원 연구(1)」,『강윤호교수 회갑기념논총』, 1989.

_____,「박태원 소설연구」, 이화여대 박사학위논문, 1990.

_____,「해방공간과 역사소설―박태원을 중심으로」,『이화어문논집』제11집, 1990.

_____, 「『갑오농민전쟁』연구」, 『어문학보』 제14집, 1992.

_____, 『박태원 문학연구』, 국학자료원, 1994.

_____, 「박태원 연구의 현황과 과제」, 『박태원 소설연구』, 깊은샘, 1995.

_____, 『박태원』, 새미, 1995.

_____, 「박태원의 생애와 작품세계」, 『박태원과 문화컨텐츠』(한국구보학회 창립총회 및 발표대회 자료집), 2005. 6.

정혜경, 「박태원 소설의 영화 기법 연구」, 숙명여대 석사학위논문, 2001.

조동길, 「박태원 시고」, 『교육논문집』 제2집, 공주사대, 1982.

_____, 「소설공간확대의 한 양상 ― 구보의 경우」, 『공주사대논문집』 제23집, 1985.

_____, 「현실적 제재의 소설화와 그 한계 ― 『우맹』의 경우」, 『공주사대논문집』 제25집, 1987.

조미숙, 「박태원 소설에 나타나는 1930년대 여인상 연구」, 『건국어문학』 제13집, 1991.

조민정, 「박태원의 『천변풍경』연구」, 연세대 석사학위논문, 1993.

조옥지, 「『천변풍경』의 구조분석」, 고려대 석사학위논문, 1982.

조한용, 「박태원 소설의 창작방법과 작가의식의 변모」, 경북대 석사학위논문, 1991.

지병오, 「『천변풍경』과 『탁류』의 대비적 고찰」, 건국대 석사학위논문, 1992.

진용우, 「박태원 소설연구」, 한국교원대 석사학위논문, 2004.

채만식, 「문예시감(3) ― 이데올로기문제」, 『조선일보』, 1934. 5. 15.

채진홍, 「박태원 소설을 보는 관점」, 『한국언어문학』 제29집, 1991. 5.

천정환, 「박태원 단편소설을 통해 본 식민지 근대성」, 『박태원과 문화컨텐츠』(한국구보학회 창립총회 및 발표대회 자료집), 2005. 6.

최상엽, 「문단인물론」, 『신세기』, 1939. 9.

최선애, 「박태원 소설연구」, 고려대 석사학위논문, 1996.

최인훈, 「박태원의 소설세계」, 『문학과 이데올로기』, 문학과지성사, 1979.

최재서, 「리야리즘의 확대와 심화―『천변풍경』과 「날개」에 관하야」, 『조선일보』, 1936. 10. 31~11. 7.

최혜실, 「소설가 구보씨의 일일에 나타나는 '산책자' 연구」, 『관악어문연구』 제13집, 1988.

_____, 「모더니즘 소설에 나타나는 공간성―박태원의 『천변풍경』」, 『한국현대장편소설 연구』, 삼지원, 1990.

_____, 「산책자의 타락과 통속성」, 『박태원 소설연구』, 깊은샘, 1995.

_____, 「천변풍경과 테마파크」, 『박태원과 문화컨텐츠』(한국구보학회 창립총회 및 발표대회 자료집), 2005. 6.

한상규, 「박태원의 『천변풍경』에 나타난 창작기술의 양상」, 『한국문학과 모더니즘』, 한양출판사, 1994.

한수영, 「『천변풍경』의 희극적 양식과 근대성」, 『박태원 소설연구』, 깊은샘, 1995.

홍효민, 「조선문단 및 조선문학의 진전―신년에의 전망을 겸하야」, 『신동아』, 1935. 1.

황경희, 「박태원 『천변풍경』연구」, 홍익대 석사학위논문, 1998.

황도경, 「관조와 사유의 문체」, 『박태원 소설연구』, 깊은샘, 1995.

황영미, 「박태원 소설의 모더니즘적 특성연구」, 숙명여대 석사학위논문, 1995.

북한 자료

기　자,「기백이 강해서 좋다―작가 최명익과의 담화에서,『계명산
　　　천은 밝아오느냐』(1) 관련」,『문학신문』, 1965. 11. 2.

_____,「암흑기의 왕국을 부시는 투쟁의 역사―김일성 대학 어문
　　　학부에서 『계명산천은 밝아오느냐』에 대한 토론회」,『문학신
　　　문』, 1965. 11. 16.

_____,「우리 문학의 보람찬 한 해―장중편 중심작가 좌담회」,『문
　　　학신문』, 1965. 12. 31.

김병철,「혁명적 대작에서 작가의 창작적 개성과 예술적 기교」,『조
　　　선문학』, 1966. 6.

김영필,「역사소설의 언어형상과 작가의 개성―『계명산천은 밝아오
　　　느냐』(1)을 중심으로」,『문학신문』, 1966. 1. 14.

김용철,「장편력사소설『갑오농민전쟁』에서의 인간관계」,『갑오농민
　　　전쟁의 문학적 형상화에 관한 연구』(ʼ북남학술세미나ʼ 자료집),
　　　2005. 12. 12.

김하명,「생동한 개성, 서사시적 생활 화폭의 묘사―장편소설『계명
　　　산천은 밝아오느냐』에 대하여」,『조선문학』, 1996. 1.

길영수,「장편력사소설『갑오농민전쟁』에서의 오상민의 성격형상」,
　　　『갑오농민전쟁의 문학적 형상화에 관한 연구』(ʼ북남학술세미
　　　나ʼ 자료집), 2005. 12. 12.

동근훈,「자주성을 옹호하기 위한 인민들의 투쟁에 대한 진실한 화
　　　폭―장편소설『갑오농민전쟁』(제1부)에 대하여」,『조선문학』,
　　　1978. 7(북한 문학평론가).

_____,「갑오농민전쟁에 대한 진실한 서사시적 화폭―장편소설
　　　『갑오농민전쟁』(제2부)에 대하여」,『조선문학』, 1981. 8.

리창유, 「봉건억압을 반대하고 나라의 자주권을 지켜싸운 농민들의 투쟁을 폭넓게 그린 작품―장편력사소설『갑오농민전쟁』(1, 2, 3부에 대하여)」,『조선문학』, 1994, 3회.

박길남, 「박태원과 장편력사소설『갑오농민전쟁』」,『갑오농민전쟁의 문학적 형상화에 관한 연구』('북남학술세미나' 자료집), 2005. 12. 12.

박종모, 「심혈을 쏟아부은 역사소설」(서적해제),『문학신문』, 1965. 10. 5.

박춘명, 「장편소설『갑오농민전쟁』제1부를 읽고―지난날의 계급투쟁에 생동한 화폭」,『조선문학』, 1978, 4호(김형직사범대학 교원).

송양춘, 「장편력사소설『갑오농민전쟁』제3부의 언어 형상」,『문화어학습』, 1988, 3호(남포교원대학 교원).

장효흠, 「봉건말기 사회상에 대한 생동한 화폭―장편소설『갑오농민전쟁』제1부를 읽고」,『조선문학』, 1979, 4호(해산 제1사범대학 교원).

정성희, 「계급투쟁을 취급한 력사소설을 더 많이!―장편소설『갑오농민전쟁』제1부를 읽고」,『조선문학』, 1981, 8호(김일성 종합대학 대학생).

현종호, 「장편력사소설과 사실주의의 위력―『계명산천은 밝아오느냐』(1)의 성과에 대하여」,『문학신문』, 1965. 11. 2.

김종회金鍾會 경남 고성에서 태어나 경희대학교 국어국문학과를 졸업하고 같은 학교 대학원에서 문학박사학위를 받았다. 현재 경희대학교 국어국문학과 교수로 재직 중이다. 1988년『문학사상』을 통해 문학평론가로 문단에 데뷔했으며, 그동안 활발한 비평활동을 보이는 한편『문학사상』,『문학수첩』,『21세기문학』,『한국문학평론』등 여러 문예지의 편집위원과 주간을 맡아왔다.

김환태평론문학상, 한국문학평론가협회상, 시와시학상, 경희문학상 등을 수상했으며, 평론집으로『위기의 시대와 문학』(1996),『문학과 전환기의 시대정신』(1997),『문학의 숲과 나무』(2002),『문화 통합의 시대와 문학』(2004),『문학과 예술혼』(2007),『디아스포라를 넘어서』(2007) 등이 있다.

특히 사단법인 일천만이산가족재회추진위원회 사무총장, 통일문화연구원 원장 등의 주요 경력과 관련하여 북한문학과 해외동포문학에 대한 학문적 관심이 많으며, 그 결과로『북한문학의 이해』(1~4권) 및『한민족 문화권의 문학』(1~2권)을 엮은 바 있다.